어처구니없는 기차 여행

아름다운 청소년 ㉔

어처구니없는 기차 여행

초판 1쇄 인쇄 2020년 7월 22일 | 초판 1쇄 발행 2020년 7월 28일
지은이 안나 | **펴낸이** 방일권 | **펴낸곳** 별숲
출판등록 제2018-000060호 | **주소** 서울특별시 마포구 양화로 133, 서교타워 1506호
전화 02-332-7980 | **팩스** 02-6209-7980 | **전자우편** everlys@naver.com

© 안나 2020

ISBN 978-89-97798-91-9 44800
ISBN 978-89-965755-0-4 (세트)

이 도서의 국립중앙도서관 출판예정도서목록(CIP)은 서지정보유통지원시스템 홈페이지(http://seoji.nl.go.kr)와
국가자료종합목록 구축시스템(http://kolis-net.nl.go.kr)에서 이용하실 수 있습니다. (CIP제어번호 : CIP2020028720)

어처구니없는 기차 여행

안나 장편소설

별숲

오드리와 수연이가 서로에게
자신의 상처를 마주할 수 있는 힘이 되어 주었듯,
이 이야기가 아직 두려움에 갇혀 있는 누군가에게
그 안에서 서서히 나올 수 있는 힘이 되어 주길 바랍니다.
그리고 자신의 상처를 보듬고 지금의 모습을
온전히 바라볼 수 있게 되길 기대합니다.

| 차례 |

1 _ 누구세요

내가 현관문 비밀번호를 다 누르기도 전에 문이 열렸다. 그리고 낯선 아줌마가 나오더니 나를 위아래로 훑어봤다.

"차오드리?"

나는 고개를 뒤로 빼 문에 적힌 호수를 확인했다. 삼익빌라 101호. 우리 집이 맞다.

이 아줌마는 누군데 우리 집에 있는 거지? 불룩한 뱃살을 감추기는커녕 타이트한 니트를 입고 있는 아줌마. 옆으로 쫙 퍼진 가슴이 두말할 것도 없이 부담스럽게 보인다. 내가 상황을 채 파악하지도 못했는데 깡마른 아줌마 한 명이 또 내 앞에 섰다.

"네가 오드리야?"

내 대답은 중요한 것 같지 않았다. 니트 아줌마가 고개를 끄덕이자 깡마른 아줌마가 내 손목을 잡고는 집 안으로 끌어당겼다. 아줌마의 손아귀에서 벗어나려고 몸을 뒤로 젖혔지만 소용없었다. 깡마른 몸과 달리 힘이 셌다. 아줌마는 나를 거실 바닥에 밀쳤다. 나는 쓰러지며 앞으로 쏠린 머리를 넘기고 주위를 살폈다. 아줌마 대여섯 명이 내 앞에 쭉 서 있었다. 모두 처음 보는 사람들이다.

"누, 누구세요?"

대체 이게 무슨 일인지. 나는 몸을 뒤로 살살 옮겼다. 이곳을 나가야만 할 것 같아서다. 그런데 툭, 내 뒤에도 아줌마가 있었나 보다.

"네 엄마 어디 있어?"

"엄마요? 식당에 있겠죠."

"어제부터 식당에 안 나왔다는데 뭔 소리야? 요게 아주 엉큼하네. 지금 네 엄마가 곗돈 얼마를 들고 튀었는지 알아?"

곗돈? 튀어? 이건 또 무슨 말이야? 분명 오늘 새벽에 식당 간다고 나갔는데. 물론 다른 때보다 일찍 나가는 게 이상했지만…….

아!

한 아줌마가 내 가방을 억지로 빼앗아 뒤지기 시작했다. 그러더니 휴대폰을 내놓으라는 것이다. 나는 없다고 했다. 유명 브랜드의 스마트폰을 사지 못할 거면 없는 게 나을 것 같아 엄마에게 휴대폰을 사지 않겠다고 했다. 아줌마가 이번에는 내 몸을 뒤지려 했다. 나는 아줌마를 밀치며 자리에서 벌떡 일어났다. 그리고 아줌마들을 무섭게 노려봤다.

"없다니까 왜 이래요? 그리고 우리 엄마가 그 돈 가지고 도망갔다는 증거 있어요?"

느닷없이 안방에서 나오던 아줌마가 내 얼굴을 향해 두루마리 휴지를 던졌다.

"증거? 어른 무서운 줄도 모르고 아주 무서운 년일세. 너 진짜 네 엄마랑 콩밥 한번 먹어 볼래? 두말할 것 없어. 네 엄마를 불러오든지, 돈을 내놓든지 해."

겨울바람에 언 볼이 휴지에 스쳐 쓰라렸다. 그러나 그보다 나를 도둑년으로 보는 저 눈빛들을 참을 수가 없었다. 내가 엄마 때문에 왜 이런 취급을 받아야 하는 건데.

"내가 왜 콩밥을 먹어요? 돈 떼인 사람들은 아줌마들이니까 엄마를 잡아서 감옥에 넣든지, 돈을 받든지 알아서 하세요."

나는 문을 쾅 닫고 안방으로 들어가 버렸다. 나도 이제 무서울 거 없다. 하다 하다 돈까지 들고 튄 엄마 때문에 나름 면역성이 생겼나 보다. 그러나 머리까지 열이 차오르는 건 어쩔 수가 없었다. 나는 가슴팍을 치며 숨을 연신 내뱉었다.

밖에서 아줌마들은 나를 향해 소리치고 있었다. 쉽게 물러날 줄 아느냐고, 너처럼 건방진 년은 처음 봤다고, 그년에 그 딸년이라고, 식당에서 일하는 주제에 얼굴 이리저리 고치고 다닐 때부터 알아봤다고. 나는 두 손으로 귀를 막았다. 그리고 나와 상관없는 이야기일 뿐이라고 되풀이하면서 심호흡을 했다.

그런데 왜 자꾸 주책없이 눈물이 나는 거야.

정신을 번쩍 뜨이게 한 건 한 아줌마의 통화 내용이었다.

"아이고, 딸. 미안. 내일 시험이지? 과외 선생님 오셨어? 엄마 좀 있다가 갈 테니까 과외 받고 있어. 식탁에 있는 샌드위치 먹고."

내일은 2학기 기말시험 첫날이다. 고등학교에 입학하면서 특별한 무언가를 기대한 건 아니지만 1학년을 곗돈 갖고 튄 엄마의 사건으로 마무리하고 싶지는 않다. 엄마는 내가 시험을 볼 때면 늘 사고를 친다. 중학교 1학년 때는 얼굴에 점을 빼다 화상을 입었고, 2학년 때는 예전에 한 문신을 지우다 며칠 몸살을 앓았고, 3학년 때는 미간 주름에 맞은 보톡스가 멍울처럼 굳어져 난리가 났었다. 지금은 앞머리를 내리고 다닌다. 무슨 점쟁이가 이마를 가려야 한다고 했다나. 사실 시험이고 뭐고 다 포기해 버리고 싶다. 지금 이런 상황에서 공부를 한다는 것도 웃기다.

문을 열고 본 건 아니지만 아줌마들이 술을 사 와 먹고 있는 것 같았다. 한잔 마시라며 내는 콧소리가 역겹게 들렸다. 언제까지 우리 집에 죽치고 있을 생각인지. 아예 갈 생각이 없는 것 같기도 하다. 겉으로는 돈 때문에 억지로 있는 거라지만 내 생각에는 그 핑계로 놀자 판을 벌인 것 같았다. 흔들었다며 소리까지 치는 걸 보니 이제는 고스톱까지 치나 보다. 차라리 엄마가 빨리 들어와 감옥에 가든 어쩌든 집이나 조용해졌으면 좋겠다. 감옥에 간다 해도 자기가 한 짓이 있으니 엄마도 억울하다는 말은 못 할 테니까.

나는 가방을 베고 누웠다. 이 상황에서 시험공부는 해서 뭐 해. 그동안 공부를 했던 것도 어떤 목표가 있어서 그런 게 아니다. 엄마는 나에게 의사가 돼야 한다고 노래를 부르지만 나는 엄마의 소원을 들어줄 마음이 개미 똥구멍만큼도 없다. 그냥 할 일이 없었으니까. 늘 시끄럽게 구는 엄마를 단숨에 조용하게 만드는 건 단 하나, '나 공부하게 조용히 해.'라서 하게 된 것뿐이니까.

언제까지 사고 치는 엄마 뒤꽁무니나 쫓아다녀야 해? 아, 지겨워. 정말 나를 딸로는 생각하는 거야? 어쩜 이럴 수 있느냐고. 다른 집 부모들은 자식 눈치 보느라 숨도 제대로 못 쉰다던데. 나는 그런 것까지 바라지도 않아. 그냥 가만히만 있어 달라고. 있는 듯 없는 듯 말이야. 그게 그렇게 어려워?

절이 싫으면 중이 떠나는 거라고 이런 꼴 보기 싫은 내가 떠나는 게 맞겠지. 나는 누운 채 한 손으로 코를 잡고 다른 한 손으로는 입을 꽉 틀어막았다. 금세 숨이 턱 막혀 가슴이 답답해져 왔다. 엄마 때문에 참을성 하나는 끝내주니까. 나는 눈알이 튀어나올 것 같은데도 꾹 참았다.

"오늘 오드리 엄마 안 들어올 모양이네. 정말 자식 버리고 튀었나?"

하아.

문 밖에서 나는 말소리에 나는 얼굴에서 손을 떼고 가빠진 숨을 내쉬었다. 순간 저승사자와 눈이 마주친 게 분명하다. 머리가 깨질 것 같았다. 딸을 버린 엄마라니. 이씨, 갑자기 억울하네. 혼자 잘 살겠다고 도망간 여자 때문에 내가 왜 죽어?

'우리 이제 각자 알아서 살자고. 내 소원대로 됐네. 혼자 살면 조용하고 좋지, 뭐.'

나는 우는 바람에 달아오른 얼굴을 세수하듯 손으로 훔쳤다. 그리고 일어나 방 불을 켰다. 아직도 아줌마들은 소리를 지르며 술을 먹고 고스톱을 치고 있는 것 같았다. 고개를 절레절레 흔들며 책상에 앉았다. 그런데 왜 이럴 때 난데없이 화장실에 가고 싶은 거야? 나가면 분명 대거리하게 될 텐데. 나는 다리를 꼬고 참을 수 있을 때까지 견뎌 보기로 했다.

그러나 나는 기출문제를 열 개도 풀지 못했다. 할 수 없이 문을 열었다. 애써 시선을 피하려고 했으나 아줌마들이 일제히 나를 쏘아보는 게 느껴졌다.

"어디 가게?"

나는 말없이 화장실로 들어갔다. 나를 한심하게 생각하며 일을 다 보고 거울 앞에 섰다. 눈 옆에 근육이 실룩대는 게 나도 모르게 긴장했나 보다.

'그럴 거 없어. 무조건 시험만 생각하자, 시험만.'

다음 날이 되었지만, 엄마는 집에 들어오지 않았다.

처음이다. 식당 아줌마들과 회식한다며 새벽에 들어온 적은 몇 번 있었어도 외박을 한 적은 없었다.

학교에나 일찍 가 공부하는 게 나을 것 같았다. 내가 집을 나서자 아줌마 네 명이 내 뒤에 붙었다. 혹시 내가 엄마를 만날지도 모른다며 두 명이 나를 미행하기로 정한 것이다. 나머지 두 명은 엄마가 일하던 식당으로 가기로 하고. 둘씩 짝지어 우리 집, 식당, 학교 모두 잠복을 하겠다는 거다.

나는 아랑곳하지 않고 학교로 들어갔다. 그러나 자꾸만 신경이 쓰였다. 창문 밖을 보니 아줌마 두 명이 정문 옆에 있는 벤치에 앉아 있는 게 보였다. 자리를 창가에서 복도로 옮기고 싶은데 오늘은 시험이라서 그것조차 마음대로 할 수가 없었다. 그런데 왜 오늘따라 아이들이 창가에 모여 있는지 모르겠다. 책상에 앉아 시험공부를 해도 모자랄 판에.

그때 뒤에서 누군가가 저 아줌마들 뭐야, 하고 소리쳤다. 나는 슬쩍 창문 너머를 바라봤다. 어이없어 진짜. 여기가 약수터도 아니고. 한 명은 벤치 기둥에 등을 치고 있고 다른 한 명은 앞뒤로 위아래로 박수를 치며 제자리걸음을 하고 있었다. 공부는커녕 신경이 쓰여 시험시간에 시험지조차 제대로 볼 수가 없었다.

겨우 시험을 끝내고 교문을 나서는데 여지없이 아줌마 둘이 내가 집에 도착할 때까지 내 뒤를 따라붙었다.

집은 아침보다 더 엉망진창이었다. 개수대에는 설거지거리가 넘쳐흘렀다. 아마 집에 있는 그릇이 모두 나온 모양이다. 내가 방으로 들어가자 니트 아줌마가 따라 들어왔다. 그러더니 편의점에서 산 김밥을 내 책상에 던졌다.

"좋게 대할 때 엄마 있는 데 불어라. 우린 돈 받기 전까지 여기서 한 발자국도 못 움직이니까."

"모른다니까요."

나는 신경질적으로 책을 폈다. 그러자 아줌마는 괘씸하다는 듯이 한숨을 쉬고 방을 나갔다. 나는 책을 다시 덮어 버렸다. 도저히 집중할 수가 없어서다. 이러다가는 어제처럼 우왕좌왕하다 시간을 다 허비하고 말 것이다. 시험도 엉망으로 보고.

'정말 나를 버렸단 말이지. 하이에나 같은 저 인간들한테 나를 던지고?'

나는 학교를 나오기 전에 공중전화가 있는 매점으로 갔었다. 그리고 경찰서에 전화를 걸었다.

"혹시 교통사고 부상자 중에 차수옥이라는 사람이 있는지 궁금해서요. 우리 엄만데요."

"잠깐만요. …… 다행히도 없네요."

다행? 지금 나한테는 긍정적인 단어가 아니다. 정말 부모가 자식을 돈 때문에 하루아침에 버릴 수도 있나. 하긴 엄마라면 가능할지도. 우리는 일반적인 모녀 사이가 아니니까. 호칭만 그저 엄마, 딸이라고 했을 뿐. 그 이유를 따지자면 셀 수도 없을 것이다. 21살의 나이 차 때문인지 엄마한테서 풍겨야 하는 푸근한 느낌이라는 게 없고 또 실제로도 나를 그렇게 챙기지도 않았고. 물론 먹을 거며 입을 것을 챙기기는 하나 전혀 나의 취향은 고려되지 않았다. 그나마 내가 좋아하는 만두를 늘 냉동실에 쟁여 놓기는 하지만. 사실 이렇고 저렇고의 이유를 붙인들 뭐 하겠어. 엄마가 돈을 갖고 혼자 튀었다는 것 하나가 모든 이유를 대변하는데.

식당에서 잠복하던 아줌마들이 돌아오는 소리가 들렸다. 시계를 보니 벌써 밤 10시다. 오늘도 공부하기는 틀렸다. 내일 시험까지 망치면……. 나는 머리로 책상을 두드렸다.

'정신 차려, 차오드리. 이제 넌 혼자라고.'

그때 만두를 찌는 냄새가 났다. 내 고개가 자동적으로 문 쪽으로 돌아갔다. 배 속에서는 눈치 없이 꼬르륵 소리가 나기 시작했다. 하긴 어제부터 먹은 거라고는 오늘 아침 선생님이 조회 시간에 시험 잘 보라며 나눠 준 초코바가 전부다. 나는 아줌마가 내 책상에 두고 간 김밥을 집었다. 물도 먹지 못해 메마른 입에서 군침이 돌았다. 먹을까? 아니야. 분명 내일 빈 김밥 포장지를 볼 텐데.

고민이 끝나지도 않았는데 나는 김밥 하나를 입에 집어넣었다. 이 괴상한 편안함은 뭐지? 불안하고 초조하게 뛰고 있던 심장이 안정을 되찾는 것만 같았다. 편의점에서 산 1400원짜리 김밥이 엄마보다 낫다니.

엄마…….

이제 더 이상 엄마한테 휘둘리며 살지 않을 거다. 왜 나를 눈곱만큼도 생각하지 않는 엄마 때문에 어두운 방에 갇혀서 김밥을 먹고 있어야 하는 건데. 당장이라도 뛰쳐나가고 싶은데 갈 데도 없고. 그렇다고 문제아처럼 사람들의 곱지 않은 시선을 받으며 길거리를 배회하고 싶지도 않고. 아니지. 내가 왜 이 집을 나가? 엄마도 자기 살길 챙겼으니까 나도 월세 보증금이라도 챙겨야지. 저 사람들 말대로 고소하고 우리 집 전세금을 빼 가기 전에 내가 엄마를 저들한테 넘겨주면 되는 거잖아.

엄마 때문에 내 인생 하나도 망치지 않을 거야. 시험도 잘 봐서 좋은 대학에 갈 거고 보증금으로 깨끗한 원룸도 얻어 조용하게 살 거다. 나는 김밥을 다 먹고 포장지를 꽉 쥐었다. 내가 제일 먼저 해야 하는 건 밤새 술 먹고 시끄럽게 떠들어 대는 저 사람들을 우리 집에서 쫓아내는 일이다. 나는 일단 크게 심호흡을 하고 문을 열었다.

한 아줌마가 기다렸다는 듯이 나에게 삿대질을 해 댔다.

"너 엄마라고 그렇게 숨겨 줄 것 없어. 오늘 식당 주인이 그러는데 가불까지 해 갔다더라. 그렇게 약은 년이라고. 그러니까 친척 집 주소라도 대. 정말 경찰서까지 가야겠어?"

가불? 엄마는 내가 알고 있는 것보다 주도면밀할 정도로 머리가 좋았나?

나는 아줌마들이 모여 있는 방향으로 무릎을 꿇었다.

"아줌마, 저도 엄마가 한 짓 옳지 않다고 생각해요. 벌받아야 한다면 그래야죠. 돈도 다 돌려주고요. 매달 돈 붓느라 얼마나 허리띠를 졸라매고 고생하셨을지 다 알아요. 자신들보다 가족들 생각해서 계를 했다는 것도 알고요. 그래서 제가 더 죄송하고 가슴이 아파요."

아줌마들이 내 말에 집중하는 게 느껴졌다. 나는 주먹 쥔 손을 무릎 위에 올려놓았다.

"그런데요, 제가 이번 주가 시험이에요. 저희 학교에 다니는, 아니 자녀가 있으신 분들은 아시겠죠? 공부가 학생한테 얼마나 중요한지. 저 엄마처럼 안 살려고 공부 열심히 하거든요. 그 마음 안타깝게 생각하신다면 제가 시험공부 할 수 있게 우리 집에서 나가 주시면 안 될까요?"

"요년 좀 보세. 아주 웃겨. 우리 가면 네 엄마랑 그 돈으로 편히 살려고?"

서로 웅성대더니 내 이야기는 들을 필요도 없다며 모두 제각각 하던 일을 하려고 했다. 나는 자리에서 벌떡 일어났다.

"제가 잡아 올게요. 솔직히 엄마가 어디 있는지 모르지만 내일 경찰에 실종 신고도 할 거고, 그럼 더 빨리 찾겠죠. 지금 엄마를 사기죄로 신고하고 이 집 내놔도 돈 몇 푼 못 받을 거예요. 거의 대출받아서 얻은 집이라. 그러니까 조금만 더 기다려 주세요. 각서 쓰라면 쓸게요."

아줌마들이 갑자기 조용해졌다. 내가 눈치를 살피고 있는데 똥

뚱한 아줌마가 자리에서 일어났다.

"에효 참, 우리도 애한테 못할 짓이다."

"뭔 소리야? 오드리라도 잡고 있어야 그년이 다시 돌아오지. 곗돈 이대로 날릴 거야?"

"난 돈 떼인 거 애들 아빠가 알면 이혼이라고요. 그렇게 하지 말라고 했는데 언니가 꼬셔 가지고는."

"좀 조용히 해 봐!"

가장 나이가 많아 보이는 아줌마가 가방에서 수첩과 펜을 꺼내 나에게 내밀었다.

"우리 야속하다 할 거 없어. 네 말대로 그 돈 힘들게 번 거고 다들 자식 생각하면서 한 거라 쉽게 포기할 수 없다고."

나는 각서를 쓰기 시작했다.

각서

차오드리는 시험이 끝나고 차수옥을 일주일 내에 잡아 오지 못하면 그 책임을 지는 것에 이의가 없음.

금액 8,900,000원.

○○○○년 ○○월 ○○일 차오드리

8,900,000원. 예상보다 많은 곗돈에 놀랐고 돈을 갖고 튀기에

는 생각보다 적어서 황당했다. 이게 자식을 버리게 만든 액수라는 거지.

아줌마들 모두 내 말을 믿는 것 같지는 않았다. 하지만 내 또래의 자식이 있는 아줌마들의 설득으로 기다려 주기로 합의했다. 물론 나에 대한 애잔함보다는 이 집 전세금이 그들의 마음을 움직였다는 것을 안다. 내가 각서 쓸 때 아줌마들은 사기죄, 대출, 감옥 등의 단어를 내뱉으며 수군댔다. 하긴 만약 사기죄로 잡힌 엄마가 돈이 없다고 하면 곗돈을 그냥 허공에 날리는 꼴이 된다는 걸 모르진 않을 테니까. 그래서 우리 집까지 찾아온 거고. 어쨌든 순식간에 아줌마들이 모두 집에서 나갔다. 마지막에 으름장을 놓는 것도 잊지 않았다.

"우리가 이 집에서만 나가는 거지, 너의 일거수일투족을 계속 지켜보고 있다는 거 잊지 마."

절대 잊지 않을 것이다. 나는 그들과 한 약속을 어길 생각이 없다. 대충 집을 치우고 책상에 앉았다. 오랫동안 엄마를 벗어나고 싶다고만 했던 생각이 내 삶의 목표로 변하는 순간이었다.

기말시험이 끝났다. 첫날 시험 점수가 아쉽기는 하지만 시험은 나쁘지 않게 봤다. 내 예상대로 엄마는 여전히 집에 들어오지 않았다. 휴대폰도 계속 꺼져 있었다. 그러니까 내가 수학여행을 갈 때마다 엄마가 나와 떨어져서 슬프다며 운 건 다 쇼였던 거다. 시험이 끝난 날, 나는 가족 여행을 가야 한다면서 방학 전에 체험학습 신청서를 작성해 학교에 냈다. 요즘 선생님을 속이고 신청하는 애들이 많아 걱정을 했는데 나는 성적이 좋아서 그런지 다른 아이들처럼 꼬치꼬치 질문을 당하지 않았다.

나는 집부터 뒤지기 시작했다. 엄마에게는 친척이 없어 따로 연락해 볼 데가 없다. 피가 섞인 가족이라고는 세상에 엄마와 나 단둘뿐이라고 했다. 엄마 부모님은 어렸을 때 돌아가셨다고 하고, 그리고…… 사실 내가 묻는 말에 제대로 대답하는 게 별로 없다. 늘 곤란하면 '글쎄' 아니면 '몰라'라고 답하고 만다. 그래서 나도 엄마에 대해 잘 묻지 않았다.

장롱, 서랍, 엄마의 가방과 옷 주머니 모두 다 뒤져 봤지만 주소나 전화번호는커녕 숫자가 적힌 종이 한 장이 나오지 않았다. 나는 장롱에서 쏟아 낸 이불 위에 벌러덩 누웠다. 어디서부터 어떻게 해야 찾을 수 있을까? 이제 6일 남았는데.

차수옥. 38세. 키는 160센티 정도. 그리고 체형은 통통한 편. 이목구비는 흐릿하지만 눈이 그중에 큰 편이다. 그래서 평소에도 속눈썹 부착은 기본이다. 마치 얼굴에 눈이 떠다니는 느낌이랄까.

나는 자연스레 벽에 붙어 있는 오드리 햅번 사진으로 시선을 옮겼다. 엄마가 눈에 집착하는 이유는 자신이 저 배우의 눈을 닮았다고 생각하기 때문이다. 그래서 내 이름도 오드리로 지었고. 차라리 팬이라고 했으면 이해라도 할 텐데 엄마는 그 배우가 나온 영화 제

목도 잘 모른다. 이제는 실소조차 나오지 않는다.

하긴 엄마가 좋아한다고 말한 게 뭐 있었나? 내가 물으면 언제나 '너 좋은 거'라고 답할 뿐.

아! 맞다.

점(占). 엄마가 맹신하는 점.

엄마가 갔던 그 점집에 가면 어떤 단서를 찾을 수 있을 것 같았다. 나는 안방 문 위에 붙여 둔 부적을 떼었다. 그리고 봉투에 찍힌 도장을 읽어 봤다. 한자라 컴퓨터를 켜 찾아봤다.

봉수원.

인터넷으로 검색해 보니 우리 집에서 그리 멀지 않은 곳이었다. 나는 버스를 타고 30분 만에 봉수원이라는 점집 앞에 도착했다. 멀리서도 하얀색, 빨간색 깃발 두 개가 펄럭이는 게 보여 찾는 데에는 어렵지 않았다.

무작정 찾아오긴 했지만 점집이라고 하니 들어가기가 망설여졌다. 열린 대문 사이로 빠끔히 안을 보니 빨랫줄에 형형색색의 천들이 달려 있었다. 매캐한 향냄새도 으스스하게 느껴져 약간 섬뜩한 기분이 들었다. 마당으로 들어서지 못하고 우물쭈물하고 있는데 집 안에서 하얀 한복을 입은 남자가 갑자기 나왔다. 남자는 나를 의심스러운 표정으로 빤히 보고는 고개를 살짝 뒤로 뺐다.

"중학생? 고등학생? 점 보러 온 거야?"

"아니, 그냥 점쟁, 아니 점 보시는 분한테 여쭤볼 게 있어서요."

"지금 안 계시니까 나중에 예약하고 와."

"여기서 기다릴게요."

발을 힘겹게 집 마당으로 들여놓는데 바로 누군가가 내 옆으로 쓰윽 스쳐 지나갔다. 으핫! 가슴이 철렁 내려앉았다. 검은 패딩 점퍼로 얼굴만 남기고 모두 가린 탓에 순간 귀신이 나타난 줄 알았다.

남자가 그 앞으로 다가가 굽실거렸다.

"보살님, 잘 갔다 오셨어요?"

"근데 얜 누구?"

"안녕하세요. 전 차수옥 씨 딸인데요. 물어볼 게 있어서요."

점쟁이는 나에게 안으로 들어오라고 했다. 거실에 들어서니 향 냄새 빼고는 일반 가정집과 다를 게 없었다. 점퍼를 벗은 점쟁이도 곱슬머리를 한 50대 동네 아줌마의 모습이었다. 그러나 점쟁이를 따라 들어간 방은 텔레비전에서 본 점집보다 더 무섭게 느껴졌다. 한쪽 벽면에 채워진 큰 금색 불상이며, 현란한 색의 한복을 입고 있는 장군 모형 그리고 그 앞에 줄지어 놓인 제사 음식, 쌀, 초, 향까지.

나는 순간적으로 말이 안 나올 정도로 몸에 소름이 돋았다. 교과서에서 본 불상들은 다 온화하게 눈을 감고 있는데 저 불상은 눈을 동그랗게 뜨고 나를 무섭게 노려보고 있었기 때문이다. 엄마의 취향이 이런 데였다니. 정적을 깬 건 점쟁이였다.

"뭐가 궁금해서 온 거지?"

나는 엄마에 대해 모두 말했다. 분위기에 주눅이 들어서인지 엄마가 있는 데만 물어보려고 했는데 엄마가 곗돈 갖고 튄 것까지 다 나열했다.

점쟁이가 눈을 감고 방울을 살살 흔들었다.

"그러니까 엄마가 지금 어느 방향에 있는지 알고 싶단 거지? 내가 그간의 정이 있으니 복비는 삼만 원만 받을게."

"네? 위치만 알려 달라는 건데, 삼만 원이요? 그동안 엄마가 여기에서 굿한다, 부적 쓴다, 점 본다 하면서 쏟아부은 돈이 얼만데 무슨 돈을 또 내라는 거예요?"

"네가 어려서 모르나 본데 모든 원리는 일방적으로 흐르는 게 아니야. 쌍방이어야 하지. 점괘도 그래야 제대로 나오는 거고. 그리고 네 엄마가 여기에서 그 돈을 다 쓴 게 아니란다. 여기저기 많이도 돌아다녔더만."

"아무리 돈이 좋아도 그렇지, 사람이 어디 있는지 그거 하나 말 못 해 줘요? 꼭 삼만 원을 악착같이 받아야겠어요? 혹시 사기꾼 아니에요?"

점쟁이는 내가 소리를 질러도 꿈쩍하지 않고 눈을 감고 있었다. 정말 이런 사람의 말을 믿고 그동안 엄마가 살았다는 생각을 하니까 더 화가 났다. 돈밖에 모르는 사람한테 자기 인생을 맡기고 그 사람 말대로 행동하고.

"김 실장."

점쟁이의 부름에 남자가 들어왔다. 그는 나에게 밖으로 나가라면서 내 몸을 문 밖으로 밀었다. 완전 잡상인 대하듯 말이다. 누가 이딴 데 더 있고 싶대? 나는 그와 몸이 닿는 게 싫어서 내 발로 점집을 나왔다.

아악! 정말 엄마 때문에 내가 어디까지 추락해야 하는 거야.

나는 대문을 발로 세게 찼다. 버럭 소리를 지르는 남자의 목소리가 들렸지만 나는 개의치 않고 버스 정류장까지 걸어왔다. 그리고 벤치에 앉아 몇 대의 버스를 흘려보냈다. 이제 어디로 가지?

나는 엄마랑 17년 동안 살았지만 생각보다 아는 게 없었다. 그렇다고 남남처럼 살았던 건 아니다. 엄마의 행동반경이 넓지 않기에 찾아볼 데가 없는 것이다. 아침에는 식당에 가고 오후에는 시장에 들렀다가 집에 오고 쉬는 날은 점집이나 피부과에 가고. 집에도, 점집에도 없다면 이제 남은 데는 하나다. 식당.

계원이 있는가 싶어 머뭇거려졌지만 그곳에 엄마가 자주 말하던 정우 엄마가 있어 가 보기로 했다. 엄마와 같이 굿도 했던 아줌마다. 나는 식당에 들어가는 대신 공중전화로 정우 엄마에게 연락을 했다.

"아줌마, 저 오드리인데요. 사람들한테 말하지 말고 한가할 때 식당 근처 놀이터로 좀 와 주실래요?"

한 20분 뒤 정우 엄마는 주위를 살피며 놀이터로 들어왔다.

"어휴, 너 어떻게 지내니? 그동안 계원들 때문에 고생 많았지?

네가 엄마 찾아오겠다고 했다면서."

정우 엄마는 덥석 내 두 손을 잡았다. 나는 손을 빼려다 말았다.

"저기, 엄마 갈 만한 데 아세요?"

"글쎄, 나도 지금 네 전화 받고 계속 수옥이랑 했던 말을 곱씹어
봤는데."

나는 정우 엄마에게서 손을 빼내 점퍼 주머니에 넣었다. 정우 엄
마는 미간까지 찌푸리며 기억을 짜내고 있는 것 같지만 이번에도
별 소득이 없을 것 같았다. 그래도 혹시 몰라 나는 마구잡이로 질
문들을 던졌다. 엄마는 평소에 누구랑 말을 많이 해요? 다른 가게
사람들하고 친해요? 엄마가 평소에 하고 싶다고 말한 거 있어요?
점집에는 주로 누구랑 갔어요? 점 빼러 갈 때는요? …… 그렇게 10
분쯤 흘렀을까? 갑자기 정우 엄마가 제 무릎을 탁 쳤다.

"그래, 점 빼러 간 날에 들은 얘기가 있어."

정우 엄마는 엄마가 친한 언니라고 했던 '쩜순이'라는 사람에 대
해 말해 줬다. 턱 아래와 엉덩이에 검은콩처럼 톡 튀어나온 점을
가지고 있는 사람이라고. 점이 두 개라 점순이가 아니라 쩜순이라
고 불린다는 것도. 그리고 그 사람이 감포항이라는 데에 산다는 것
까지.

감포항? 항? 바닷가 근처인가?

식당에서 정우 엄마를 찾는 전화가 걸려 와 나는 거기까지 들을
수 있었다. 그리고 딱히 그 이상 떠오르는 것도 없다고 했다. 정우

엄마는 식당으로 가기 전에 내 주머니에 돈 2만 원을 넣어 줬다. 괜찮다며 다시 돌려주고 싶었지만 서둘러 뛰어가는 바람에 어쩔 수가 없었다. 돈은 엄마를 찾은 다음 돌려줄 거다.

나는 근처에 있는 피시방으로 갔다.

감포항

감포항은 경상북도 경주시 감포읍 감포리에 있는 어항이다. 1995년 12월 29일 국가 어항으로 지정되었다. 관리청은 해양수산부 동해어업관리단, 시설 관리자는 경주시장이다.

나는 감포항이라는 키워드에 같이 뜬 '감포항 기차 여행'이라는 블로그를 클릭해 봤다. 가는 방법은 간단했다. 서울역에서 기차를 타고 경주역에 도착한 뒤 감포항 가는 버스를 타면 된다. 소요시간은 대여섯 시간. 거리감이 있기는 하지만 멀다고 안 가 볼 수는 없다. 엄마가 있을 만한 데라면 어디든지 가야 하니까. 오늘이 지나면 나에게 주어진 시간은 단 5일뿐이다. 이 기간은 내가 내 몫을 챙길 수 있는 카운트다운을 의미하기도 한다. 나는 지하철을 타고 서울역으로 향했다.

'제발 거기에 있어라.'

나는 처음으로 두 손을 모으고 기도까지 했다.

이번 역은 서울역입니다. 내리실 문은 왼쪽입니다.

근데 엄마는 언제 감포항이라는 데에 가 봤던 거지?

2 - 평범하진 않아

서울역에 도착했다. 처음 와 보는 곳이다. 나는 학교 행사를 제외하고는 우리 동네를 벗어난 적이 없다. 엄마와 나들이를 가 본 기억도 없다. 순식간에 내 눈이 휘둥그레졌다. 와, 정말 크다.

높은 천장. 끝이 잘 보이지 않을 정도로 넓은 공간. 오른쪽에 빼곡히 자리 잡은 가게들. 도넛, 햄버거, 라면, 일식, 편의점 그리고 그곳을 채우고 있는 사람들. 그런데 기분 탓인가? 여기도 내가 지금껏 살고 있는 서울인데 서울역으로 들어서는 유리문을 통과하자 다른 세계에 온 듯 낯선 느낌이 들었다. 마치 앨리스가 토끼를 따라 굴속으로 들어가 이상한 나라에 도착했을 때처럼 말이다. 그래서 그때 앨리스가 어떻게 됐더라?

참, 내가 이렇게 엉뚱한 생각이나 하면서 넋 놓고 있을 때가 아니다.

나는 가게들 맞은편에 있는 매표소로 가서 줄을 섰다. 감포항 가는 방법을 되새기는 동안 어느새 내 차례가 됐다.

"가장 빨리 경주역 갈 수 있는 기차표요."

"10분 뒤에 출발하는 거 있는데 좌석은 매진됐어요. 입석 괜찮으세요?"

지금 입석이고 좌석인 게 뭐가 중요하겠어. 나는 네, 하고 답했다.

"4만 원이고요, 동대구역에서 갈아타시면 됩니다."

"입석이 그렇게 비싸요? 청소년 할인 안 돼요?"

"중학생부터는 일반 요금이에요."

지금 내 주머니에 있는 돈은 정우 엄마가 준 2만 원에, 가지고 있던 1,900원…… 아이씨, 아까 피시방도 갔지. 어떡하지? 구질구질하게 사정을 말할 수도 없고. 매표소 직원이 재촉하기 시작했다. 뒤에서도 나를 향해 웅성거리는 것 같았다. 더는 버티고 서 있을 수가 없었다. 어쩔 수 없이 나는 매표소 앞에서 비켜 나왔다. 무슨 기차표가 그렇게 비싸? 완전 사기꾼들. 아무리 머리를 굴려도 답이 나오지 않았다. 시계를 보니 오후 6시였다. 지금 집에 갔다 오면 늦어도 8시 정도에 출발하는 기차는 탈 수 있을 것이다.

그런데 집에 돈이 있던가? 아! 엄마가 신발장 안쪽에 비상금을 넣어 놓지. 나는 지하철 방향으로 가다가 걸음을 멈췄다. 돈 때문에 자식 버린 여자가 그 돈을 안 챙겨 갔을 리가 없지. 할 수 없다. 내일 정우 엄마에게 부탁해 보는 수밖에. 그럼 아줌마들과 약속한 기한 중에 하루를 까먹게 되는 거다. 짜증 나. 나도 돈 좀 챙겨 두는 건데. 나는 발 앞에 있던 종이컵을 발로 찼다. 그러자 내 뒤에서 "야!" 소리가 들렸다. 청소부 아줌마인가? 나는 못 들은 척하고 잰걸음을 쳐 앞으로 갔다. 아줌마는 어느새 달려와 내 어깨를 탁, 잡았다.

"야!"

나는 순간 얼음이 된 것처럼 그대로 섰다. 이럴 때 움찔하면 나만 손해야. 지금은 적반하장으로 상대를 대해야 해. 최대한 자연스럽게 몸을 돌렸다.

"그거 제가 한 거⋯⋯."

그러나 나는 그 사람을 보자마자 몸을 휘청거리고 말았다. 얘가 왜 여기 있어? 나한테 손까지 흔들면서.

"너 김, 수연 아니야?"

"자세한 얘기는 좀 있다가. 경주행 기차 곧 출발해."

갑자기 수연은 내 손을 잡고 뛰기 시작했다. 나도 얼떨결에 같이 뛰었다. 이 상황은 또 뭐지? 정말 여기는 이상한 나라인가?

우리는 기차에 올라탔다. 그러자 기다렸다는 듯이 기차가 시동을 걸었다. 수연은 자리에 앉더니 나한테 제 옆에 앉으라며 손짓했다. 내가 멀뚱히 서 있자 기차표 한 장을 건넸다.

내가 경주에 가야 하는 건 어떻게 안 거지? 혹시 누구랑 가려다가 바람 맞았나? 어떤 해답을 찾기도 전에 수연이 내 손목을 잡고 당겼다. 나는 어쩔 수 없이 자리에 앉았다. 출발한 기차에서 뛰어내릴 수는 없으니까.

먼저 상황을 좀 파악해야 할 것 같아서 나는 수연 쪽으로 몸을 돌렸다.

"너 이 기차표 뭐야?"

"잠깐만."

수연은 내가 들고 있는 기차표에 제 기차표를 갖다 대고는 사진을 찍었다. 그리고는 오드리와 수연이 떠나는 첫 여행 경주,라고 중얼대며 휴대폰을 만지작거렸다.

"인스타에 남겼어. 봐 봐."

"됐고. 이거 뭐냐니까?"

"오예, 멘션 달렸다!"

뭐, 이런 애가 다 있어. 수연은 내 말도 제대로 듣지 못할 정도로 흥분한 것처럼 보였다. 원래 정신없고 산만한 애였나? 나는 수연이가 누군지 잘 모른다. 우리 반이라는 것과 이름 정도가 내가 아는 전부다. 이름도 2학기가 돼서야 알았다. 그것도 그 사건이 없었으면 입속에서 계속 '수' 자만 맴돌았을 것이다.

2학기 중간고사 점수가 나오던 날 학교가 뒤집어졌다. 1학기 중간고사, 기말고사 모두 반에서 1등 한 수연이 0점을 받았기 때문이다. 모든 과목에서 0점. 선생님은 수연의 실수라고 생각하고 그 일을 남몰래 수습해 주려고 했다. 하지만 소문은 순식간에 퍼졌고 선생님은 뜻대로 할 수가 없었다. 결국 수연은 우리 학교 최초의 0점 학생이 됐다. 1등일 때도 눈에 띄지 않던 수연이가 꼴등이 되자 불쌍하게도 반뿐 아니라 학교 전체에서 유명세를 타게 된 것이다. 그래도 그 일은 금방 잠잠해졌다.

수연이 난데없이 발을 굴렀다.

"뭐야, 진짜아. 이 아저씨 완전 인스타 스토커야!"

그리고 이번 기말고사 때는 수연이 시험을 거부하며 학교에 나오지 않았다. 혹시 공부를 너무 해서 정신이 이상하게 된 걸까? 나는 자리를 옮기려고 주위를 둘러봤다. 빈자리가 꽤 보였다. 아까 직원이 분명 매진이라고 했는데. 뭐야, 진짜. 오늘 왜 이렇게 이상한 인간들을 많이 만나는 거야?

하긴 수연이 멀쩡하든 미쳤든 무슨 상관이야. 또 이게 무슨 표인게 뭐가 중요해. 일단 경주까지 가자.

그리고 정작 미친 건 나다. 돈 갖고 튄 엄마를 찾는 여고생이 제정신일 리가 없지. 나는 수연을 불렀다. 기차푯값을 언제, 어떻게 줄지 말한 뒤 자리를 옮길 생각이었다. 그러나 나는 한마디도 못

했다. 내 부름에 시동이 걸린 수연이 제 휴대폰의 화면을 보여 주며 쉴 새 없이 인스타에 대해 떠들어 댔기 때문이다.

일명 'SNS'. 한 번도 해 본 적은 없지만 그게 무엇인 줄은 안다. 진실을 숨긴 채 화려한 사진과 말들로 자신을 거짓으로 표현하기. 참 할 일 없는 사람들이 하는 짓거리.

"이 아저씨가 글 남긴 것 좀 보라니까. '경주 참 좋죠. 조심히 갔다 와요. 경주 모습 찍어서 올리는 거 잊지 말고요. 체셔 고양이가 야옹~' 이래서 내 얼굴을 메인으로 올리지 말았어야 했는데. 내가 인스타 시작할 즈음 나를 팔로우하더니 한 6개월 됐나?"

안 물어봤거든. 시끄러워 죽겠네. 기차푯값 정리로 수연의 말을 막아야겠다.

"이 푯값은 서울 가서 줄게. 지금은 잔돈이 없거든."

"됐어. 너 아까 돈 모자라서 못 산 거였잖아."

나는 순간 황당해서 아무 말도 못 했다. 비쩍 마른 애가 이렇게 말하니까 더 얄미운 것 같았다. 아무리 감포항에 가는 게 중요하다지만 이런 계집애의 도움을 받고 싶지는 않았다. 내가 어쩌다 이런 말까지 듣게 된 거야. 나는 자리에서 벌떡 일어났다. 그리고 수연을 향해 한 소리 하려는 순간, 수연의 휴대폰이 울렸다.

"저 가출해요. 그러니까 앞으로 전화하지 마세요."

가출? 수연을 만난 지 한 20분, 길어 봤자 30분이나 됐을까? 나는 롤러코스터를 탄 것같이 정신이 없었다. 아니, 세탁기에 빨래 대신 내가 돌려진 기분이랄까?

"휴, 차오드리, 내 가출을 도와줘서 고마워."

수연이 악수를 하자며 손을 내밀었다. 그러지 말아야 했는데 너무 정신이 없어서였을까. 나도 모르게 손을 내밀었다.

"어? 너 왼손잡이야? 역시 남달라. 나도 왼손으로 악수해야지."

수연은 다시 제 왼손을 내 앞으로 내밀었다. 그러고는 내 손을 잡고 흔들었다. 이 불길한 느낌. 다시 복잡하고 정신없는 여자와 엮일 것만 같은 묘한 분위기. 싫다. 벗어나야 하는데 제 가출이 내 덕분이라는 수연의 말에 나는 자리에 앉고 말았다. 수연의 가출은 세 달 전부터 계획했던 프로젝트라고 한다.

세 달 전, 수연은 무작정 어딘가로 떠나야겠다는 마음과 그동안 모은 돈을 가지고 서울역에 도착했다. 오랫동안 생각한 거라 그런지 가출의 동기도 명확했다. 물론 그중 하나도 나의 공감을 이끌어 내진 못했지만.

1. 평범한 외모

2. 예상 가능한 뻔한 생활들

3. 로봇 같은 가족들

수연의 이야기를 들을수록 내가 꿈만 꿔 오던 일들이 현실에서도 일어날 수 있다는 것을 알고 놀라지 않을 수가 없었다. 수연은 7시에 기상해 세수를 한 뒤 사과와 아침을 먹고 7시 40분에 등교를 한다. 학교에서 야간자율학습까지 하고 집에 도착하면 일단 씻고 책상에서 간식을 먹는다. 10시 즈음 영어 선생님이 전화를 한다. 20분 동안 영어로 대화하고 인터넷으로 수능 공부를 시작한다. 그러고 나면 새벽 1시 정도. 그때 잠을 자고 다시 7시에 기상. 이것 때문에 가출을? 예상 그대로 자연스럽게 안정적으로 매일 똑같이 산다는 게 얼마나 행복한 건데. 부모님 이야기를 듣고는 더 기가 찼다. 구청에 근무하는 아빠와 동사무소에 근무하는 엄마. 전형적인 공무원 스타일로 시간 개념이 남다르다. 정확한 날짜와 시간에 계획대로 행동한다. 주말조차도 기상 시간을 한 번도 어긴 적이 없다. 월급의 반은 늘 적금을 붓고 뭐, 그렇다고 자린고비는 아니지만. 어쨌든 대출이 조금 낀 30평짜리 아파트에 낡았지만 깨끗한 가구들을 채워 놓고 늘 적당히 살아간다. 움직이는 것을 별로 좋아하지 않아 독서가 취미다. 그리고 규칙적인 생활 덕택인지 지금까지 어디 아프다는 말도 한 적이 없다. 수연도 감기 한번 독하게 걸린 적이 없다. 한 달에 한 번 생리통 정도가 전부다.

"난 그것도 싫어. 애들은 언제 생리할지 몰라 짜증 난다는데 나는 그 날짜조차 어긴 적이 없다니까. 내 생활에 '서프라이즈'는 없어. 이름도 그래. 수연이 뭐냐?"

지금 그걸 투정이라고 하는 거야? 하도 인생이 편하니까 별생각을 다 하는구나. 내가 너였으면 엄마를 매일 업고 다녔을 거다. 아니, 우리 엄마가 내 이름을 오드리가 아닌 수연으로만 지었어도.

"그래서 반찬 투정이라도 할까 하면 꼭 내가 원하는 반찬이 식탁에 올라와 있어. 맛도 기가 막힐 정도로 맛있게 해서. 성질 한 번을 낼 수 없게 시스템이 짜인 데가 우리 집이라고."

나는 지금껏 목청을 낮춰서 엄마랑 대화한 게 열 번이 안 될 것이다. 좋은 말로 해서 엄마의 행동이 고쳐진 적이 없으니까. 내가 성질을 낸다고 하지 말라는 걸 안 한 적도 없지만. 길거리에서는 좀 작게 웃어라, 무대포로 트집 잡아서 물건값 좀 깎지 마라, 사람들 있을 때 내 이름 좀 부르지 마라, 옷 좀 튀지 않는 색으로 입어라, 입술 좀 작게 그려라 등. 언제나 내 머릿속에 엄마에게 할 잔소리가 백 개는 넘게 생성된다.

수연이 길게 한숨을 내쉬었다.

"우리 가족은 하루의 프로그램이 짜여 있는 로봇 같다니까. 그래서 내가 절대 화를 내지 않는 부모님을 열받게 하려고 수를 썼지. 시험공부 안 하기. 그런데 선행학습 때문인지 반에서 또 1등을 한 거야. 그래서 2학기 때는 공부를 열심히 해서 모두 오답으로 골라 써 냈지. 내 계획대로 0점을 받았어. 그런데 놀라기는커녕 '속상하겠구나, 다음에는 더 신중하렴.' 이러는 거야. 그러니 내가 시험을 거부할 수밖에. 나는 우리 가족을 가두고 있는 로봇을 부수고 싶어."

제길. 복이 넘쳐흐르니까 아주 발악을 하는구나. 재수 없어. 딸의 코를 고치기 위해 빨리 열아홉 살이 되라고 노래하는 엄마보다 훨씬 낫다. 생각해 보니 이런 애의 돈은 갚을 필요도 없을 것 같았다.

"마지막으로 선택한 게 가출이었어. 그래서 돈을 들고 서울역에 왔는데 도저히 겁이 나서 기차를 못 타겠는 거야. 표까지는 산 적 있어. 그 부모에 그 자식이라더니 늘 누군가가 짜 준 틀에서만 자라 그런지 소심해서는, 그렇게 서울역만 온 게 세 달. 오늘도 허탕인가 했는데 네가 나타난 거야. 그래서 아싸! 하고 바로 네 뒤에 붙었지."

띠링!

수연의 인스타에 또 멘션이 달렸단다. 소리 지르는 걸 보니 그 아저씨인가 보다. 경주에서 묵을 수 있는 게스트 하우스의 홈피 주소를 자기가 왜 알려 주냐며 큰 소리로 신경질을 냈다.

"야! 좀 조용히 해. 그렇게 싫으면 네 글에 멘션 못 달게 막아. 아님 네가 인스타를 하지 말든가."

"뭐 그렇게까지. 진짜 찾아오는 것도 아닌데."

수연은 말끝을 흐렸다. 나중에 안 사실이지만 체셔 고양이 아저씨가 수연의 인스타를 보는 유일한 사람이었다. 어찌 됐든 이쯤에서 수연과 헤어지는 게 좋을 것 같았다. 기차가 어느 역에 멈춘 김에 다른 기차로 갈아타고 싶었지만 그럴 수는 없고 적어도 멀리 떨어져 조용히 가고 싶었다. 엄마 생각만으로도 머리가 복잡하다. 처음 타는 기차에서 배부른 애의 가소로운 신세 한탄은 그만 듣고 한적한 창밖이나 보며 가고 싶었다.

"저기, 학생 자리 좀 비켜 줄래?"

나는 고개를 들었다. 한 60대로 보이는 아줌마였다. 기차도 버스처럼 자리 양보를 해야 하나? 아니지. 좌석이 입석보다 훨씬 비싸잖아. 그러니까 여기는 돈을 많이 낸 사람이 앉는 게 맞는 거다. 물론 어른한테 양보는 할 수 있다. 그럼 부탁을 해야지. 내가 어리다고 지금 깔보는 거야? 나는 고개를 더 빳빳하게 들었다.

"여기 제 자린데요."

수연과 앉기 싫어 다른 데로 옮기겠다는 생각을 잠시 접어 두기로 했다. 그런데 수연이 일어나며 죄송하다고 말하는 게 아닌가? 얜 진짜 왜 이래? 혼자 착한 척 다 하고. 에이, 나는 모르겠다. 잠이나 자야지. 그런데 수연이 내 팔을 잡아끌며 나를 일으키려 했다.

"왜 이래?"

"여기 이분들 자리야."

뭔 소리야? 나는 표를 자세히 살펴봤다. 입석.

참나, 입석인데 그렇게 당당하게 자리에 앉으라고 하다니. 창피하게 진짜 이게 무슨 꼴이야. 왜 나는 뭐 하나 쉽게 넘어가는 게 없냐고. 할 수 없이 수연을 따라 식당 칸으로 갔다.

식당 중앙에 작은 매점이 있고 창가를 정면으로 작은 테이블과 의자가 놓여 있었다. 몇몇 테이블에서는 정말 도시락을 먹고 있는 사람들도 있었다. 여기는 아무 데나 앉아도 된단다. 나는 문 앞에 있는 창가 자리에 앉았다. 그사이 수연은 매점에서 과자와 음료수를 사 왔다. 나는 아직도 얼굴이 화끈거리고 한숨이 나왔다. 수연이 음료수를 따서 내 앞으로 밀었다. 그리고 조금 전과는 달리 기가 죽은 듯한 목소리로 말했다.

"마셔. 어느 역에서 자리 주인이 타나 하고 마음 졸였는데 해 보니까 별거 아니다. 네가 있어 그런지 하나도 무서운 게 없어. 그래서 친구가 좋은가 봐."

"내가 왜 네 친구냐?"

"짜증 내지 마. 그래도 한 시간 편히 앉았잖아. 아니다. 짜증 내. 나 때문에 누가 짜증 내는 것도 처음인 것 같다. 하하."

변태.

하는 말, 하는 짓 다 변태다. 왜 지가 음료수 먹는 걸 찍어? 뭐가 대수롭다고? 나는 딱 오버하는 애들은 나이가 많든 적든 다 질색이야.

나는 시선을 창밖으로 고정시켰다. 나 너랑 말하기 싫다는 표시다. 이번에는 알아들은 건가. 수연이 아무 말도 하지 않았다. 진작 그럴걸. 창밖으로 딱히 보이는 건 없었다. 집과 논, 어두운 하늘.

기차가 터널로 들어갔다.

보려고 한 건 아닌데 수연의 얼굴이 창에 비쳐 보였다. 재잘재잘 정신없이 떠들어 대던 모습은 온데간데없었다. 왜 저러고 있어? 조울증인가? 심각하게 인상을 쓴 건 아닌데 그렇다고 느낌이 가벼워 보이지는 않았다.

터널을 빠져나오고 얼마 있다가 수연이 먼저 입을 뗐다.

"우리 엄마가 그러더라. 세상을 잘 살려면 넘치지도 모자라지도 않아야 한대. 늘 현실에 만족하면서 좋은 일이 생겨도 너무 기뻐하지 말고 나쁜 일이 생겨도 너무 슬퍼하지 말고. 그런 삶을 살 수 있게 해 주는 최고의 직업이 공무원이라면서 나도 대학 가면 시험 보라더라. 공무원도 대물림인가?"

그런 대물림이라면 나는 두 팔 벌려 환영이다. 성형 중독보다 얼마나 고상한가?

나도 수연네처럼 평범하게 좀 살고 싶다. 늘 엄마가 친 사고 뒷수습하느라 똥줄이 타는 거 말고. 조용하고 편안하게 아침을 먹고 학교에서 공부하고 저녁에 집으로 돌아와 대학 진학에 대해 의논하고 공부하다 잠이 드는. 이런 일상을 한 번만이라도 경험해 보면 소원이 없겠다. 하긴 엄마랑 대학 진학에 대해서는 자주 의논했었다.

"오드리, 넌 무조건 의대 들어가야 해. 차.오.드.리. 의사님. 얼마나 멋지냐?"

"싫다는데 엄마는 왜 자꾸 의대 가래?"

"의대가 대학 중에 최고잖아."

"의대는 과를 말하는 거지. 대학은 서울대, 고대, 연대 같은 거고. 엄마는 대학이랑 과도 구별 못 해?"

"왜 모르냐? 1등들만 가는 데니까 의대 가라는 거지."

"말 좀 앞뒤가 맞게 해라. 아무튼 됐어. 나 의대 안 가."

이 대화를 똑같이 천 번도 더 했을 거다. 이제는 의대의 '의' 자만
들어도 헛구역질이 나올 것 같다. 엄마는 나이도 많지 않으면서 왜
이렇게 말귀를 못 알아듣는지. 됐다, 됐어. 갑자기 엄마를 생각하
니까 또 속이 답답해져 왔다. 나는 고개를 절레절레 흔들었다. 수
연은 여전히 창밖을 보고 있었다. 우리는 아직도 터널을 지나고 있
었다. 물론 또 다른 터널이다.

"정말 숨 막혀. 나는 좀 평범하게 살고 싶어."

순간 놀랐다. 내 입에서 나와야 하는 말이 수연의 입에서 나왔기
때문이다. 진짜 어이가 없다.

"듣자 듣자 하니까 너 배부르다 못해 배 터져 죽는 소리 좀 그만
해라. 너 엄청 평범하거든. 지극히 정상적으로 살고 있다고. 그러
니까 이 기차가 서면 바로 서울로 올라가."

"다른 집은 우리 집처럼 그렇게 살지 않더라. 늘 엄마 아빠랑 사
소한 걸로 투닥투닥하고 펑펑 사건이 터지고. 그 일을 수습하면서
가족애도 생기고. 우리 집은 내가 사라져도, 아니 나 아닌 누군가
가 없어진대도 하나의 흐트러짐 없이 그대로 기계처럼 돌아갈걸?"

너 지금 우리 집을 '평범'이라는 단어의 예시로 든 거니? 왜 대책

없이 헛웃음이 나지'? 하긴 지금 이 대화가 얼마나 웃겨. 서로의 집이 평범하다고 주장하는 꼴이라니. 그래, 너희 집은 안 평범하고 우리 집은 평범하다. 하지만 네가 우물 안 개구리처럼 살아 모르나 본데,

너희 집이 평범한 거고 우리 집이 안 평범한 거란다. 세상 물정 모르는 고딩아!

이 말을 굳이 입 밖으로 내고 싶지는 않았다. 내 치부를 처음 보는, 같은 반이긴 하지만 거의 처음 말을 섞는 아이에게 하고 싶지는 않으니까. 나는 내 앞에 있는 음료수를 벌꺽벌꺽 한 번에 다 마셔 버렸다.

이번 역은 동대구역입니다.

기차가 서고 나는 동대구역에서 내렸다. 경주역으로 가는 기차를 타기까지 약 15분이 남았다. 나는 화장실로 갔다. 일을 보고 나오는데 정면에 있는 공중전화가 눈에 띄었다. 아직 수연은 화장실에서 나오지 않은 것 같았다. 나는 망설이다 그 앞으로 갔다. 그리고 경찰서에 전화를 걸었다.

"혹시 사고 부상자 이름에 차.수.옥.이라는 사람이 있는지 궁금해서요."

"잠깐만요. …… 없는데요."

나는 전화를 끊었다.

'만나기만 해 봐, 진짜 가만 안 둘 거야.'

"야!"

"아! 깜짝이야. 왜 이렇게 불쑥불쑥 나와?"

"서프라이즈 재밌잖아."

"나 서프라이즈에 질린 사람이거든."

나는 수연을 아랑곳하지 않고 앞으로 걸어갔다. 찰칵! 혹시 나를 찍나 싶어 고개를 슬쩍 돌려 봤다. 다행히 동대구역 표지판 옆에 서서 제 얼굴을 찍고 있었다. 인스타에 또 올리려나 보다. 귀찮아. 올해 내가 돈 때문에 고생할 팔자인가? 계속 돈 때문에 이상한 사람들하고 얽히고. 그냥 있는 돈이라도 주고 떼어 내?

꼬르륵-.

일단 밥이나 먹어야겠다. 시계를 보니 식당에 들어가서 밥을 먹기에는 시간이 촉박했다. 아예 간식을 사서 마음 편하게 기차에서 먹는 게 좋을 것 같았다. 나는 만두 가게에 들어갔다.

"김치 만두 1인분 포장이요."

"2인분 포장해 주세요. 내가 기차표 샀으니까 이건 네가 살 거지? 돈 없으면 내가 내고."

"됐어. 나도 있어."

귀신같이 따라붙었네.

나는 아줌마에게 만두를 받아 들고 기차에 올라탔다. 이번에도 수연은 일반 좌석 칸으로 가려고 했다. 나는 말없이 식당 칸으로 갔다. 웬일인지 수연이 별말 없이 나를 따라 들어왔다.

"오드리, 너 만두 좋아해?"

나는 대충 고개를 끄덕였다. 그러자 수연은 의자에 앉으면서 나를 게슴츠레한 눈빛으로 봤다.

"너 내 얘기 들으면 만두 못 먹을 텐데 해 줄까, 말까?"

"하지 마."

"그래도 알 권리가 있으니까 말해 줄게. 만두를 만들게 된 게 사람 머리가 필요해서였대. 속에 고기 넣은 것도 진짜 사람 머리처럼 보이려고 그런 거고."

나는 만두를 젓가락으로 집은 채 수연을 째려봤다. 그러자 수연은 배시시 웃더니 양손을 휘저었다.

"그런데 그렇게 만든 이유는 감동적이야. 삼국지의 제갈량 알지? 제갈량이 남만을 정벌하고 돌아오는 길에 심한 풍랑을 만났대. 맹획이라는 자가 사람의 머리 49개로 제사를 지내야 무사히 귀환할 수 있다는 거야. 그런데 제갈량은 사람을 죽일 수가 없었어. 그래서 사람 머리 대신 밀가루로 머리 모양을 만들어 제사를 지낸 거야. 그랬더니 순식간에 풍랑이 가라앉았대. 그때부터 사람들은 만두를 만들어 먹었고. 너 그거 알아? 중국 사람들은 손님이 오면 만두를 직접 만들어 주는 거?"

중국 사람들이 대접을 하든 말든. 그보다 나는 배가 고픈 상태에서 사람 머리 모양인 만두를 입에 넣을까 말까가 더 고민됐다. 배가 다시 꼬르륵댔다. 순식간에 만두가 내 입으로 들어왔다. 수연이 만두를 내 입에 억지로 넣은 것이다. 나는 인상을 쓰며 일단 만두를 씹었다.

이런, 그 얘기를 듣고도 먹다니 나는 연민도 없나? 하지만 감칠맛 나게 매콤했다. 잠깐 모양의 잔인함에 울컥했지만 먹는 데에는 아무런 문제가 없었다. 의미라는 것은 언제나 어떤 경우냐에 따라 달라지는 거니까.

수연은 왼손으로 젓가락질을 이상하게 하고 있었다.

"진짜 왼손잡이 부럽다. 예전에 나도 왼손잡이 되고 싶어서 왼손으로 글씨 연습 했는데 잘 안 되더라."

"나 글씨는 오른손으로 써."

"양손잡이구나. 너희 엄마도 그래? 유전이야?"

유전? 한 번도 생각해 본 적 없다. 아니, 엄마가 왼손으로 무언가를 하는 걸 본 적이 없는 것 같다. 수연은 별로 대답을 기다리는 것 같지 않았다.

"오드리, 만두 마지막 하나는 너 먹어."

나는 그 만두를 집어 입에 넣었지만 선뜻 씹지를 못했다. 수연의 말 때문에.

"그런데 엄마 찾으러 왜 경주 가는 거야? 엄마 고향이야?"

헉, 내가 경주에 엄마 때문에 가는 건 어떻게 안 거지?

"너 내 전화 엿들었냐?"

차라리 엿들었다고 하지. 수연의 대답은 내 등골을 오싹하게 만들었다.

우리 엄마 너희 엄마가 만든 계의 계원이잖아. 그래서 엄마가 전화 통화 하는 거 들어서 대충 알고 있었어. 그런데 우리 엄마 돈은 신경 쓰지 마. 내가 돈 떼여서 어떡하느냐니까 표정 하나 안 바뀌고 괜찮다더라. 너희 엄마 도망갔다는 말 들었을 때도 할 수 없지, 이러더라고.

그리고 그때 나는 어딜 가든 널 지켜보겠다는 아줌마의 말이 떠올랐다. 입에 있던 만두를 그냥 꿀떡 삼켜 버렸다. 나쁜 년. 너도 한패라는 거지.

"걱정 마. 꼭 찾을 테니까."

3 _ 늠 미끄럼틀

나는 자리에서 일어났다. 더 이상 나를 감시하는 수연과 같이 앉기 싫어서다. 그런데 마땅한 자리가 없었다. 언제 이렇게 사람들이 찬 거야? 내 자리를 탐하며 서성이는 사람들도 있었다.

"으악―. 아악!"

풀썩. 나는 갑자기 들린 괴음에 놀라 자리에 앉고 말았다. 범인은 수연이었다. 이번에는 수연이 벌떡 일어났다. 그러더니 어떡하느냐면서 발을 동동 굴러 댔다.

"벌써 기차가 출발하면 어떡하느냔 말이야? 정마알―."

왜 이래, 또? 사람들이 수연을 향해 수군대기 시작했다. 나는 고개를 깊숙이 숙였다. 수연은 한술 더 떠 똥 마려운 강아지처럼 낑낑거리며 제 몸을 창문에 딱 붙였다.

"이번에는 안 돼. 나 내릴래."

돌아이.

기차는 점점 빠른 속도로 기차역을 빠져나가고 있었다. 수연은 정말 식당 칸의 문을 열고 나갔다. 진짜 뛰어내리려고? 어차피 죽는대도 내 목숨은 아니니까. 하지만 제길, 왜 나랑 있을 때 그 짓을 하려는 거냐고. 나는 잠깐을 망설이다 뒤따라갔다. 목격자다, 동행자다 하면서 괜한 일에 얽히고 싶지 않아서다. 그러니까 경주역에 도착할 때까지는 아무 일도 벌이지 못하게 붙잡아야 한다.

식당 칸을 나와 보니 수연은 출입문과 씨름을 하고 있었다. 나는 너무 놀라 야야, 소리만 되풀이하며 수연의 옷을 잡아당겼다. 비쩍 마른 계집애가 무슨 힘이 이렇게 좋아?

"야, 너 미쳤어?"

"나 내려야 한다고."

수연은 정신없이 문을 두드리고 밀고 발로 찼다. 이러다 정말 열릴 것만 같았다. 출입문 유리창으로 보이는 밖은 이제 기차역이 아니었다. 결국 나는 수연의 목을 내 팔에 걸고 수연을 눕히듯 뒤로 젖혔다. 수연은 캑캑거리며 몸에서 힘을 뺐다. 진작 목부터 조를 걸 실랑이하느라 힘만 뺐네.

수연이 헛구역질을 하며 숨을 내뱉었다. 나는 옆으로 가 앉았다. 그 꼴을 가까이서 보니까 화가 치밀어 올라 등짝을 후려치고 싶었다. 하지만 애써 감정을 누르고 등을 토닥토닥 두드렸다.

"만두 잘 먹고 이러지 말자."

기침이 멎었는데도 아무런 대답이 없었다. 말 안 해도 된다. 경주까지 조용히 가자. 그러나 오히려 수연이 조용히 있으니까 더 신경이 쓰였다. 시선은 앞에 두고 있지만 초점이 흐릿한 눈빛. 아까도 순식간에 무슨 생각에 잠긴 것 같더니. 짧은 시간에 참 깊이도 빠진다.

답답해.

나는 다리가 저려 자리에서 일어났다. 이렇게 계속 앉아 있다가는 내가 먼저 죽을지도 모른다. 원래 몸이 뻣뻣해서 살짝 웅크리는 것도 못 한다. 체육 시간에 단체 기합을 받을 때도 나만 오리걸음이 안 돼 혼자 서서 뛴다. 대신 운동장을 두 바퀴 더 돌지만.

수연의 어깨를 두드렸다. 여기 더러워. 일어나. 꿈쩍도 안 했다. 기차 문과 떨어진 데로 수연을 옮겨야 할 것 같아서 계속 재촉했다. 정신 차리게 욕이나 해 주고 싶었다.

"이제 좀 일어나라. 정신없게 행동하지 말고 여기 온 목적, 네 본분에만 신경⋯⋯."

"난 지금 내 본분을 망각했다고!"

소리까지 질러. 어휴, 열받아. 그래도 자리에서 일어났으니까 봐준다. 나는 식당 칸으로 수연을 데리고 들어가려다 말았다. 조금 전에 그 난리를 쳐 놨으니, 휴. 그리고 이미 우리가 앉았던 자리는 누군가가 차지했을 것이다. 그냥 화장실 앞에 있는 세면대에 기대

있기로 했다.

나는 수연의 몸을 살짝 뒤로 밀어 자리를 잡아 줬다. 수연도 순순히 따랐다. 한 손으로는 여전히 수연의 옷 끝자락을 붙잡고 있었다. 시계를 보니 아직 경주역까지는 30분이나 남았다. 찰칵.

고개를 옆으로 돌려 보니 수연이 아랫입술을 내민 제 얼굴을 휴대폰으로 찍고 있었다. 찰칵. 살짝 엿보니 '운명의 남자를 놓치다ㅠㅠ'라고 인스타에 글을 남기고 있었다. 이건 또 무슨 소리야?

재빨리 나는 내 머릿속으로 수연을 나열해 봤다. 계원의 딸, 아줌마들의 사주를 받은 감시자, 쉴 새 없이 사진을 찍는 인스타 중독자, 학교에서는 그냥 학생 그리고,

'나는 이번 여행에서 꼭 운명적인 남자를 만나 치열하게 사랑할 거야.'

사랑을 꿈꾸는 여고생.

복잡하다. 어쨌든 자신이 이번 여행에 동참한 건, 경주에 가는 것을 여행이라고 말하는 것도 웃기지만, 첫사랑을 하기 위해서란다. 나는 별로 이 말이 믿어지지 않았다. 나를 감시하는 걸 숨기려는 핑계겠지.

"아깐 가출한 거 부모님 때문이라며? 관심 어쩌고 하면서 말했잖아. 근데 갑자기 웬 사랑?"

거짓말을 하려면 좀 일관성 있게 해. 나는 고개를 절레절레 흔들었다.

수연은 세면대에 올라앉았다.

"그래, 내가 집을 나온 건 무관심한 부모님, 지루한 내 삶 때문이야. 그런데 엄마한테 가출을 통보하고 나니까 순간 누가 내 가슴에 숨겨져 있던 알사탕을 몰래 훔쳐 간 것처럼 허전하고 먹먹하고."

나는 뭔 소리냐는 듯한 표정으로 수연을 바라봤다. 수연도 내 마음을 읽었는지 다시 설명했다.

"음, 내가 최고점으로 찍은 일탈이 가출이었거든. 서울역을 몇 달 동안 오가면서 기대했어. 기차만 타면 지금껏 맛보지 못한 쾌감을 느낄 수 있겠지. 이 정도면 부모님도 난리가 나겠지. 그런데 아직까지 집에서는 연락 한 통 없고 내 쾌감이라는 감정은 한 20분 왔다 갔나? 가출도 정말 내가 원한 게 아니었던 거 같아. 날 자유롭게 만들어 주지 않았다고."

수연의 말이 목적지 없이 왔다 갔다 하는 것 같아 신뢰성은 좀 떨어졌지만 나름 정리는 돼 가는 것 같았다. 그렇다고 이해를 했다는 말은 아니다.

"그래서 동대구역 화장실에서 나와 사진을 찍으며 결심했지. 경주에서 드라마틱한 사랑을 하겠다고. 낯선 데라는 게 원래 그렇잖아. 때로는 사람을 위축시키기도 하지만 대체로 당당하고 솔직하게 만들어 주잖아. 남의 시선도 아랑곳하지 않게 하고. 언젠가는 떠날 거라는 생각 때문에 사람들도 거침없이 자신을 표현하는 것 같아. 그러니까 여행하다 만난 사람들이 불꽃같은 사랑을 하게 되는 거라고."

말 같지도 않은 소리. 고작 사랑 때문에 경주까지 간다고? 돈을 몇만 원씩이나 들여서. 돈이 하도 남아돌아 썩는 소리까지 하네.

수연이 잠깐 말을 멈추고는 내 어깨를 툭툭, 건드렸다. 내가 쳐다보자 입을 손으로 가리고 웃음 섞인 말투로 말했다.

"누군가와의 사랑이 깊어지면 집에 안 갈 거야. 진짜 나를 찾은 거니까. 내가 원하던 진짜 내 삶을."

네 마음대로 해라. 경주에 눌러 살든, 평생 사랑 타령이나 하든. 나는 여태 잡고 있던 수연의 옷자락을 놔 버렸다.

"아까는 왜 뛰어내린다고 해서 사람을 고생시켜?"

나는 수연을 면박 주듯 짜증 섞인 말을 내뱉었다. 눈치가 없는 스타일인지 내가 저에게 화를 내는 것도 모르는 것마냥 두 손을 모으고 수줍게 대답했다.

"동대구역에서 운명적인 남자를 발견했거든. 놓치면 안 될 것 같았어."

말문이 턱 막혔다. 달리는 기차에서 내리려던 이유가 운명의 남자 때문이라니.

"조금 전에 정말 문이라도 덜컥 열렸다면, 너 남자 때문에 죽을 수도 있었어."

별로 내 입으로 내뱉고 싶은 대화의 소재는 아니었다. 걱정됐던 것도 아니고 사랑 따위에 목숨을 건다는 그런 허무맹랑한 가십거리에 내 에너지를 쏟고 싶지 않았다. 그러나 나는 벌써 뱉었고 그 대답을 듣고 말았다.

"그럴 수도. 하지만 그것 또한 내 운명이라면 받아들일 거야."

그럴 수도, 라고? 수연의 뜻밖의 대꾸는 의도치 않게 우리가 사랑에 대해 논쟁을 벌이는 계기가 돼 버렸다. 그리고 그때부터, 아니 그때만큼은 수연이 나를 감시하기 위해서 왔든 그렇지 않든 그건 하나도 중요하지 않게 됐다. 어차피 경주역에 내리면 우리는 남남처럼 따로 움직일 거니까. 철없이 사랑이라는 허상을 보고 허우적대는 불쌍한 여고생의 환상을 깨뜨려야 한다는 알 수 없는 의무감이 나에게 생겼던 것 같다. 내가 왜 그렇게 흥분을 하며 남자에 대해 말했는지는 정확히 모르겠다. 지금껏 사랑에 대해 진지하게는커녕 분리수거하라는 담임의 잔소리만큼도 떠올리지 않고 살았던 나인데.

수연이 답답하다며 주먹으로 제 가슴팍을 쳤다.

"사랑하는 사람을 위해서 왜 못 죽어? 운명의 남자라면 난 죽을 수 있어."

수연은 다시 조금 전 동대구역에 기차가 정차했을 때 본 남자에 대해 말했다. 이건 왜 달리는 기차에서 내리려고 했는지에 대한 이유다.

우리가 마지막 만두 한 개를 남겨 뒀을 때였어. 자꾸 창밖으로 눈이 가는 거야. 이유는 몰라. 그냥 저절로 고개가 옆으로 돌아가더라고. 그러더니 망설임 없이 시선이 딱 멈췄어. 한 남자에게로. 모자를 쓴 채 몇몇 무리에 끼어 있어서 얼굴도 안 보였고 키가 크지도 않아 튀는 체구도 아니었는데 말이야. 여기서 충격적인 사실은 뭔 줄 아니? 바로 나랑 왼쪽으로 머리를 넘기는 방법이 똑같다는 거야. 이렇게 긁듯이.

이 이야기 벌써 세 번째다. 마임하듯 없는 모자를 벗고 머리를 긁으면서 넘기는 모습을 재연하는 것도.

"그거 하나?"

"머리 넘기는 게 결정적이지만 그게 다가 아니야. 내가 시선을 멈춘 거, 내 가슴이 뛴 거 모두 다 복합적으로 느낀 거라고. 아직도 또렷이 그 남자의 모습을 기억해."

파란색 모자, 후드티에 긴 점퍼, 짙은 청바지에 검은 운동화. 이건 나도 다 외웠다. 머리가 모자란 건지 순진한 건지.

"너 운명이 무슨 말인 줄 알아? 특히 남자한테."

퉁명스러웠던 내 말투는 수연을 경멸하는 투로 변해 가고 있었다. 그러나 수연은 넉살 좋은 아줌마처럼 잠깐만을 외치더니 휴대폰을 꺼내 무언가를 눌러 댔다.

"운명, 찾았다. 운명이란 인간을 포함한 모든 것을 지배하는 초인간적인 힘. 또는 그것에 의하여 이미 정해져 있는 목숨이나 처지!"

인터넷으로 그 뜻을 찾다니. 속 터져. 이러니 부모도 손을 놓지.

오죽하면 그러겠어. 나는 순간 머리가 터질 것 같았다. 귓구멍이 막혀 말귀를 못 알아듣는 건지, 머리통이 다 철로 돼 생각이라는 걸 할 수가 없는 건지. 차분하게 말을 이으려고 해도 도저히 구제 불능이다.

"사전적 의미 말고 현실에서 남자가 생각하는 운명이 뭘 것 같으냐고?"

"남자, 여자 다르지 않다고 생각해. 내가 느낀 것처럼 가슴에서 전해지는 미세한 떨림으로 서로를 알아볼 수 있는 거. 어디에 있든 무엇을 하든 늘 서로를 가슴에 품고 평생을 살아가는 거."

누구랑 정말 똑같이 말하네. 현실감각 완전 제로.

"그건 네 착각이야. 남자가 너에게 운명을 느꼈다고 말하는 건 '너랑 자고 싶어.'고, 이 말에 네가 나도, 하고 대답한다면 그 남자는 백 프로 '나도 너랑 자고 싶어.'로 알아들을 거라고."

"그걸 네가 어떻게 알아? 너 혹시?"

내가 그렇게 태어났으니까.

17년 전, 우리 엄마에게 어떤 남자가 다가와 하룻밤을 보내고 떠나 버렸다. 운명? 남자들이 여자한테 개수작 부릴 때 쓰는 말일 뿐이다. 아직도 그 말을 믿고 있는지 드라마를 보면서 꺄악- 소리를 지르는 엄마 때문에 속이 터지는 날이 하루 이틀이 아니다.

미혼모.

결혼하지 않고 혼자서 아이를 낳은 여자. 아빠라는 존재를 만들어 주지 않은 엄마.

차수옥. 딸 차오드리와 삼익빌라 101호에 살고 있는 여자.

그녀와 딸, 둘의 모습은 다른 사람들에게 완벽한 가족으로 보이지 않는다.

나는 초등학교에 입학하기 며칠 전에 남들이 보편적으로 생각하는 가족 구성원에는 아빠도 있어야 한다는 것을 알게 됐다. 남들의 시선에 우리 둘은 여자끼리 사는 불쌍한 사람들이라는 것도. 친구나 선생님을 통해 알게 된 건 아니다. 유치원 때 가족 그림을 그려 오라고 했을 때 당당히 엄마와 나 둘의 모습을 그려서 갔고 발표를 하고도 별문제는 없었다. 내가 다르다는 것을 느끼지 못했다. 가족 그림으로 강아지만 그린 애도 있었고, 할머니만 그려 온 애도 있었으니까.

그놈의 텔레비전만 안 봤어도 느닷없이 현실을 혼자 깨닫지는 않았을 텐데.

그날도 여느 때와 별다르지 않았다. 아침에 일어나 식당에 간 엄마가 차려 둔 밥을 먹으며 텔레비전을 봤다. 사랑의 리퀘스트. 그 프로그램에서 한 여자아이를 보게 됐다. 불완전한 가족. 타인의 따가운 시선에 노출돼 있으며 때때로 동정을 받아야 하는 위치에 놓여 있던 아이. 어떤 연예인의 도움을 받아 새 옷을 사 입고 돈가스를 먹던 아이. 나는 우연이라도 그 아이를 만나게 된다면 묻고 싶었다.

그 돈가스가 양손의 엄지를 다 들고 흔들 만큼 정말 맛있었냐?

나는 텔레비전을 보지 않기 시작했다. 한때는 나에게 한글, 영어를 가르쳐 준 선생님이고 외로울 때 놀아 준 친구였는데. 역시 무엇이든지 친밀감이 과하면 화를 부르는 것 같다. 적당히 먹으면 두뇌를 발달시키지만 많이 먹게 되면 설사를 부르는 땅콩처럼. 어쨌든 나는 혼자 집에 있을 시간이 많아 적막에게 늘 협박과 위협을 당했지만 그날 이후로 단 한 번도 텔레비전에게 도움을 요청하지 않았다.

지금 생각해 보면 용기가 없었는지도 모르겠다. 내가 알지 못했던 어떤 사실을 또 보게 되면 어떡하지 하는 두려움. 그러기에 나는 바로 아빠에 대해 물을 수도 없었던 것이다. 그리고 엄마한테 어떻게 질문을 해야 하는지도 몰랐다. 그래서 아빠에 대한 나의 질문은 늘 어설펐다.

"다른 애들처럼 나도 아빠가 있었지?"

"아빠는 어디 있을까?"

"혹시 죽었어?"

매번 내 질문은 달라졌지만 엄마의 대답은 한결같이 없었다. 그럴 거면 차라리 내가 포기하게 죽었다고 말해 주지. 그럼 그냥 믿고 말았을 텐데. 그렇게 약 5년을 보냈다.

초등학교 5학년 체육대회가 있던 날.

"오드리! 왜케 굼떠?"

"달리기 3등이면 보통이야. 내 뒤에 네 명이나 있다고."

"엄만 무조건 1등이었어. 예전에 별명이 뭐였는 줄 알아? 커피를 하도 후딱 타고 배달한다고……."

"뭘 빨리 배달한다고?"

침을 튀기며 말하던 엄마가 입을 꾹 닫고는 구석에 있던 도시락 가방을 정리하기 시작했다. 그리고 대뜸 도시락을 닦는다면서 수돗가로 갔다. 학부모 달리기는 왜 없느냐는 말을 흐릿하게 흘리면서.

우리는 집에 도착할 때까지 암묵적 동의로 침묵 게임을 했다. 진 사람은 엄마다. 저녁에 짜장면 먹을래? 나는 고개를 젓는 것으로 대답을 대신했다. 승부가 갈렸지만 우리는 게임을 멈추지 않았다. 집으로 들어선 다음에도 마찬가지였다. 대신 다른 게임으로 갈아 탔다. 진실 게임으로.

"아까 커피라고 말한 거 맞지?"

내가 똑같은 질문을 한 지 네 번 만에 엄마가 대답했다.

"응."

"언제?"

일곱 번 만에 엄마가 대답했다.

"너 낳기 전에."

"그때 아빠는 어디 있었어?"

역시 대답이 없었다. 그러나 이번에는 나도 더 물어보지 않았다.

묵묵히 깨끗한 걸레를 빨고 있는 엄마의 뒷모습만으로도 충분했으니까.

커피 배달. 점점 내가 아빠를 궁금해하지 않게 만들었다.

지금 생각해 보면 나는 참 조숙했나 보다. 그러길 원한 건 아니었지만. 어떻게 그 단어만으로 내 출생을 떠올렸던 걸까? 엄마의 볼가에 있는 점, 진한 립스틱, 늘 무언가를 숨기는 듯한 엄마의 태도, 무엇보다 우리 사회에서 커피 배달을 바라보는 시선. 그리 당당하지 않은 직업이라는 것 정도는 나도 알고 있었으니까. 그들이 어떤 모습을 하고 어떤 행동을 하고 다니는 것까지도.

우리는 진실 게임을 그만뒀다. 게임 법칙을 어긴 엄마는 벌칙을 받는 것마냥 그날 이불과 옷들을 모두 손빨래했다. 나는 다시 진실 앞에서 뒤돌아섰다. 그리고 반대 방향으로 무작정 걸어갔다. 멀어져도 상관없어. 이미 다 아는 것을 확인할 필요는 없잖아. 지금만으로도 쓰리고 아리니까. 남들에게 우스워 보일 과거라면 차라리 모르는 게 나아.

타닥닥타.

아!

수연이 양손으로 내 등을 두드렸다.

"너 남자랑 자 봤지? 빨리 말해. 어?"

"아니야. 아파."

나는 수연을 살짝 밀친 뒤 내 옷매무새를 매만졌다. 수연이 세면대에서 내려왔다. 그러고는 제 얼굴을 내 얼굴 쪽으로 내밀었다. 표정을 살피려는 것 같았다.

"뭐 있지? 치, 하긴 너 정도면 남자들이 줄을 서겠지. 일단 눈 크고 귀엽게 생겼지, 공부 잘하지. 나같이 생긴 애랑은 다르겠지. 난 눈도 작고 코도, 입도. 프후―. 매력이라고 할 게 없어. 입이 딱 벌어지는 미인형도 아니고 성격도 남자들이 살살 녹는 여우형도 아니거든."

웬 자학? 목소리도 전보다 기가 한풀 꺾였다. 조금 전에 생난리를 치던 애가 맞는지 의심스러울 정도다. 기차 바퀴가 철로와 부딪치는 소리가 철컥철컥 귀를 울릴 정도로 크게 들렸다.

수연은 중학교 3학년 때 처음이자 마지막 연애를 해 봤다고 한다. 기간은 단 3개월. 만난 횟수 다섯 번.

헤어지자며 남자가 했던 말.

"심심해서 너한테 연락했는데 너 만나면 더 심심해. 이제 연락하는 일 없을 거야. 너도 하지 마."

그래도 수연은 남자에게 몇 번이나 연락을 했다고 한다. 이것만 봐도 말귀 못 알아듣는 곰이 분명하다.

"내가 봐도 나라는 애 너무 재미없고 졸린 것 같아. 나는 왜 이렇게 생긴 걸까?"

수연은 나지막하게 한숨을 또 쉬었다. 터널 하나를 통과할 때까지도 고개를 푹 숙인 채 말이 없었다. 은근 신경 쓰이네. 이제는 숨소리조차 잘 들리지 않았다. 이러다 아래로 푹 꺼지겠네. 기차가 또 터널로 들어왔다.

"너 그렇게 나쁘지 않아. 키도 적당하고 날씬하고. 요즘은 얼굴보다 몸매를 더 쳐 주잖아."

도저히 양심상 얼굴 칭찬은 안 나왔다. 그래도 효과는 있었다. 수연이 바짝 고개를 들었다. 그러고는 웃기 시작했다. 그걸 보니까 괜히 칭찬했나 하는 후회가 밀려왔다. 차라리 잠자코 조용히 있게 그냥 둘걸.

"그래? 하긴 요즘은 연예인들 봐도 몸매를 더 중요하게 생각하는 것 같더라. 얼굴은 좀 안 되도 몸매가 좋으면 인기 끌고. 그래서 나 연예인 할까 생각 중이야. 아무튼 나한테도 희망이 있는 거야. 아까 동대구에서 만난 내 운명과도 잘될 것 같고."

그들은 몸매가 콜라병이라든가, 패셔니스타라든가, 이런 말이 나오려는데 꾹 참았다. 애써 진실을 외면하고 있는 수연 양이 불쌍해서. 괜한 착각에까지 빠지게 한 것 같네.

"그럼 넌 다시 동대구역에 가야겠네?"

제발 그래라. 내가 우리 엄마 찾으면 안 떼어먹고 서울로 데려갈 테니까.

"아니, 경주로 갈 거야. 왠지 모르게 그런 느낌이 들어. 내 마음이 경주로 향하고 있는 운명적 기류라고 할까? 설명 못 하겠어. 사랑은 인간이 느끼는 거지만 우리 머리로는 표현해 낼 수가 없는 거거든."

아직도 정신을 못 차렸군.

드디어 경주역에 도착했다. 수연은 기차에서 내리자마자 사진을 찍고 인스타를 하기 바빴다. 시간이 늦어서인지 안내소에는 사람이 없었다. 나는 매표소 직원에게로 다가갔다.

"저기 감포항 가려면 버스 어디서 타야 해요?"

"여기 역 건너편에서 100번 타면 돼요."

나는 수연을 무시한 채 역을 나왔다. 밖은 너무 어두웠다. 가로등이 듬성듬성 있고 문을 연 가게가 몇 군데 없어서인 것 같았다. 아무런 수식어도 붙일 수 없을 정도로 완전히 깜깜한 밤이었다. 밤 10시에도 서울은 한창 낮인데. 어둠 때문인지 몸이 움츠러들었다.

어느새 수연이 내 등 뒤에 붙었다.

"여기 서울보다 아래라고 덜 추운 것 같지? 근데 진짜 깜깜하다. 이런 분위기에 눈 내리면 정말 예쁘겠다. 올해 첫눈은 언제 내린대?"

알 게 뭐야. 나는 횡단보도를 건너 정류장 벤치에 앉았다. 금세 수연은 또 사라지고 없었다. 빨리 버스나 왔으면 좋겠다. 내가 버스 오는 방향으로 고개를 빼고 있는데 수연이 난데없이 손을 마구 휘저으면서 뛰어오고 있었다. 나는 그대로 있었다. 수연이 금세 내 옆에 서더니 소주병을 내밀었다.

"빨리 튀어."

내가 이유도 물을 새 없이 수연은 내 팔을 잡고 뛰기 시작했다. 혹시 훔친 건가? 그런데 왜 나를 공범으로 만들려는 거야? 설령 주인에게 잡힌다고 해도 나는 모르는 일이라고 하면 그만인데. 그러나 지금의 내 모습은 그렇게 따질 상황이 아니었다. 일단 주인에게서 멀리 도망가는 방법밖에는 없었다.

얼마쯤 뛰었을까. 우리는 횡단보도 두 개를 무시하고 건넜다. 다행히도 차가 없었다. 나는 수연의 손을 뿌리치고 그대로 주저앉았다. 그리고 숨을 고르기 시작했다. 날이 쌀쌀해 숨을 쉴 때마다 쇠맛이 느껴졌다. 이렇게 전력 질주를 한 게 얼마 만인지 모르겠다. 내가 캑캑거리는 소리를 내자 수연이 뚜껑을 딴 소주병을 내밀었다. 내가 받지 않자 수연이 병을 흔들어 보였다.

"너 목 타잖아. 혹시 술 안 마셔 봤어?"

안 마셔 봤지만 못 마실 이유는 없다. 나는 소주병을 받아 들고 한 모금을 꿀꺽 넘겼다. 바람에 목이 싸한 느낌이 있었는데 톡톡 쏘는 소주가 들어가니 진정되는 것 같았다. 나는 한 모금 더 마셨다. 마실 때 쓴맛에 눈이 찡긋거려지기는 해도 이 정도는 급식에서 나오는 씁쓸한 취나물에 비하면 쓴 축에도 못 낀다.

"근데 너 진짜 가지가지 한다. 이제 도둑질까지 해?"

"한 번도 안 해 본 거라. 하하하. 그리고 엄연히 따지면 도둑질 아니야. 돈 두고 나왔어. 소주병이 있던 냉장고 안에."

이런 미친! 수연이 소주병을 달라고 손을 내밀었다. 나는 한 모금을 더 마시고 수연에게 넘겼다. 그런데 점점 기분이 왜 이러지? 갑자기 벌떡 일어나고 싶어졌다. 몸인지 마음인지 알 수 없는 무언가가 내 안에서 붕붕 뜨는 기분이 들었다. 풋. 웃음도 새 나오고. 취한 건 아니다. 몸이 휘청대기는커녕 일어날 때 다리 한쪽 흐트러지지 않았으니까. 그냥 추위가 조금 덜 느껴지고 기분이 좋아지는 그 정도.

수연도 자리에서 일어났다. 그러고는 웃으면서 내 옆으로 와 내 팔에 팔짱을 끼었다. 야, 내가 기분이 좋아졌어도 이건 아니지. 나는 수연의 팔을 뺐다. 분명 그랬다고 생각했는데 근처 버스 정류장까지 우리는 팔짱을 끼고 걸어갔다.

"어? 버스 정류장 앞에 능이 있네? 누가 묻혀 있는 거지?"

예전에 경주로 수학여행을 왔을 때는 못 본 것 같은데. 이렇게 시내 근처에 능이 있었나? 어두워서 그런가? 능의 정상이 하늘에 닿은 것처럼 보였다.

"나 능 미끄럼틀 탈래. 능 타자."

수연이나 할 법한 이 말을 한 건 안타깝게도 나다. 그래야 할 것 같았다. 분명 취한 건 아닌데, 음, 아닌데, 그래, 무슨 운명적 기류 때문에. 에잇, 모르겠다. 나는 능을 오르기 시작했다. 걸리적거리는 치마까지 허벅지 위로 올리고 말이다. 아랫부분이 횅했다. 민망하지만 타이즈도 신었고 어두운데 보이겠어?

나는 계속 능을 올랐다. 그리고 계속 미끄러졌다. 나는 능과 마주 보고 미끄럼을 타고 싶은 게 아니라고. 이번에는 마른 잡초를 지지대 삼아 잡고 올라갔다. 하지만 썩은 동아줄처럼 금방 뽑혔다. 결국 나는 다시 원점에 섰다. 이번에는 내가 꼭 오른다. 두고 봐라.

"오드리, 이 막대기로 해 봐."

수연은 막대기 두 개를 주워 와 하나를 나에게 건넸다. 그리고 시범을 보였다. 막대기로 능을 짚으면서 오르는 건 효과가 있어 보였다. 그러나 땅이 얼어서인지 막대기가 능에 잘 꽂히지 않았다. 한 번 꽂을 때마다 손으로 윙- 하고 진동이 왔다.

그래도 몇 번의 시도 끝에 요령을 터득했다. 막대기를 비스듬하게 꽂기, 옆 발로 능 타기 등. 물론 능의 정상까지 오르는 데에 얼마의 시간이 걸린지는 모르겠지만.

어쨌든 나는 능 꼭대기에 서 있다. 아래를 보자 다리가 후들들 떨렸다. 금방 수연도 능에 올라섰다.

"이런 데에 오르면 야호부터 외쳐야지. 야호! 야호!"

수연은 소리를 지르며 무당처럼 제자리에서 뛰었다. 능이 꿀렁꿀렁 흔들리는 것만 같았다. 흔들리는데 왜 더 편하지? 무슨 조화인지는 모르겠지만 일단 나도 뛰기 시작했다.

"야, 야, 야호, 호, 오-."

우리는 그 자리에 누워 미친 듯이 웃기 시작했다. 누가 무슨 말을 한 것도 아니고 그냥 야호만 했을 뿐인데. 나는 웃음을 멈추고 바로 앉았다. 그러고는 두 다리 사이로 치마 뒷부분을 앞으로 끌어 당겨 잡고 능 아래로 쭈욱 내려갔다.

텅텅더덩. 텅 스으윽─.

박하사탕 같은 찬바람이 귀로, 코로, 입으로 세차게 들어왔다. 시원하다. 마치 숨을 쉬는 것을 처음 배운 것처럼 나는 바람을 내 몸 안에 넣을 수 있을 만큼 가득 담기 시작했다. 그리고 능을 다 내려와 토하듯 숨을 몰아쉬었다. 그러자 내 안에 있던 것들이 모두 씻겨 나가는 기분이었다. 그 안에 대체 무엇이 있었는지는 모르겠지만.

우리는 이제 막대기를 사용하지 않고 발끝으로 능을 톡톡 치면서 올라갔다. 그리고 알아들을 수 없는 괴성을 지르며 능을 미끄러져 내려왔다. 몇 시지? 더 늦기 전에 감포항에 가야 할 것 같은데. 내 몸은 벌써 능 중반에 매달려 있었다. 이번이 마지막이야.

그러나 나는 능에서 내려오고도 버스를 타지 못했다. 내 앞을 두 명의 경찰이 막고 있었기 때문이다. 내 뒤로 수연이 능을 타고 내려오고 있었다. 경찰 한 명이 손전등으로 나와 수연의 얼굴을 번갈아 비췄다.

"너희 고등학생이지? 이 시간에 능에서 뭐 해?"

경찰이 왜 온 거지? 누가 고성방가로 신고라도 했나? 아니면 수연의 부모님이 가출 신고를 한 걸까?

나는 머뭇대며 가만히 서 있었다. 그러나 수연은 당당하게 경찰 앞으로 가 섰다.

"죄송해요."

수연은 애원하는가 싶더니 내 옷깃을 잡고 어딘가로 뛰려 했다. 도망가고 싶으면 나한테 무슨 눈치라도 주든가. 나는 그 자리에서 발이 꼬여 꼬꾸라지고 말았다. 두 명의 경찰에게 우리는 완전히 포위됐다.

"너희 여기서 뭐 했어?"

경찰의 목소리뿐 아니라 나를 잡은 손에서도 단호함이 느껴졌다. 이제 사정 따위는 먹히지 않을 것 같았다. 김수연은 뇌가 없는 게 분명해. 어떡하지. 무슨 범죄자마냥 경찰서에는 가기 싫은데. 그러나 수연은 멈추지 않았다. 그냥 좀 닥치고 있지.

"제발요. 한 번만 봐주세요. 능에서 미끄럼만 탄 거예요. 엄마가 기다리신단 말이에요."

"그러니까 능을 왜 타냐고? 문화재인 거 몰라?"

왜 나는 능을 탔을까? 그 이유 떠올리기 싫은데. 무언가를 기억하는 것도, 잊는 것도 내 안에서 이루어지는 건데 왜 내 마음대로 되지 않을까? 갑자기 예전에 엄마와 한 대화가 머릿속을 빙빙 돌아다니기 시작했다.

"수학여행 재밌었어? 능 미끄럼틀도 탔어?"

"그게 뭐야?"

"경주에 능 많잖아. 그거 타면 재밌잖아."

"엄마는 말이 되는 소리를 해. 그거 문화재인 거 몰라?"

경찰이 손으로 내 어깨를 눌렀다. 나는 흠칫 놀라 몸을 옆으로 뺐다.

"너 경찰 아저씨 말 무시하면 어떻게 되는지 몰라? 일단 경찰서 가야 하니까 어서 타."

이미 수연은 경찰차에 타 있었다. 할 수 없이 내가 차에 올라타려는 순간 한 경찰이 어떤 아저씨를 데리고 경찰차 앞에 섰다. 주황색 계열의 등산복을 입은 40대 남자. 수갑도 차고 있었다. 아저씨를 데리고 온 경찰이 기가 막힌다며 혀를 찼다.

"돌겠네, 진짜. 글쎄 저쪽 능에서 미끄럼만 탔대요."

4 _ 현실과 과한 열정 사이

경찰서까지 들어와 버렸다. 우리는 경찰의 손에 이끌려 한 책상 앞에 앉았다. 뒤이어 들어온 등산복 아저씨는 다른 경찰 앞에 앉았다. 차오드리, 어떡하다 여기까지 온 거야?

밖은 어두운데 경찰서 안은 대낮처럼 밝았다. 책상은 거의 비어 있었고 경찰은 몇 명 없었다. 사람들의 말소리도 거의 나지 않았다. 그래서인지 우리 앞에서 경찰이 의자를 빼고 앉을 때 나는 소리가 위협적이게 느껴졌다. 너무 긴장해서인지 속이 울렁거렸다. 나는 억지로 침을 삼켰다. 메슥거림이 진정되는가 싶더니 얼굴에 열이 차오르는 것 같았다. 만져 보니 불덩어리다. 터질 것처럼 계속 부풀어 오르는 것도 같고.

"너 눈 안 떠? 이름이 뭐냐고?"

경찰이 책상을 탕탕 쳤다. 아, 어지러워. 나는 힘겹게 눈을 떴다. 으악! 경찰이 바로 내 코앞에 있었다.

"너 얼굴에 열꽃 핀 거야? 원래 그런 거야? 아니면 혹시?"

딸꾹!

수연이었다.

"이 자식들 술 마셨지?"

경찰이 벌떡 일어나더니 우리 머리를 쥐어박았다. 이 나이에 웬 꿀밤. 아무튼 이 계집애는 그냥 넘어가는 게 없다. 거기서 딸꾹질이 술 마셨다고 자수하는 거나 마찬가지라는 걸 모르나. 경찰은 창가에 있는 냉장고에서 음료수 두 병을 꺼내 와 우리에게 건넸다. 숙취 해소 음료다.

"빨리 마시고 깨. 10분 줄게. 하여튼 요즘 애들은."

음료가 효과는 있었다. 물론 아까 취한 건 아니었지만 일단 어지러움과 메슥거림이 멈췄다. 그 짧은 시간 동안 수연은 술 깨는 데에는 수다가 직방이라면서 경찰 아저씨에게 이것저것 물어봤다. 잘생긴 경찰 없어요, 숙직실 어떻게 생겼어요, 여기는 무슨 국밥 먹어요, 모두 쓰레기 같은 질문들.

"이제 깼지? 음흠, 너희 서울서 왔지?"

"우와, 아저씨 점쟁이죠?"

순간 소리를 지를 뻔했다. 지금 그 말을 하면 어떡하자는 건지. 나는 발로 수연의 종아리를 쳤다. 수연이 눈을 동그랗게 뜨고 나를 바라봤다. 눈치라는 게 없는 눈빛이다. 얼굴은 멀쩡해 보이는데 아직도 취기가 있나?

"둘이 수작 부릴 생각 마. 여기가 부산도 아닌데 놀러 온 것도 아닐 테고 누구랑 왔어? 똑바로 말 안 하면 집 대신 감옥 갈 수 있어."

이제 어떡해야 하지. 슈퍼에서 신고했나? 아니야, 술 마신 것도 지금 알았잖아. 그럼 가출? 그것도 아니면 문화재 훼손? 경찰이 뭉뚱그려 말하니까 나갈 방법이 떠오르지 않았다. 무조건 애원해 볼까? 저는 며칠 전에 실종 신고를 한 차수옥 씨의 딸이고, 엄마를 찾으러 경주에 왔으니 제발 보내 달라고. 문화재인 능을 탄 게 죄라면 벌금을…… 돈도 없는데. 벌금으로 끝나지 않고 재판이라도 하게 되면…… 다시 머리가 깨질 것만 같았다.

"정말 우리 둘뿐이에요. 서울역에서 오드리가 경주에 가려는 거 보고 따라온 거라고요."

이러다 계 모임 이야기까지 할 판이다. 나는 경찰에게서 고개를 돌려 수연과 얼굴을 마주했다. 그리고 입모양으로 말했다. 신고하면 계약 어기는 거야. 각서 쓴 거 몰라? 갑자기 경찰이 긴 자로 내 어깨를 찔렀다.

"이 자식, 똑바로 안 앉아? 그럼 능은?"

"능이요? 오드리가 미끄럼 타자고 해서."

자기만 쏙 빠지고 다 내 탓으로 돌리겠다고. 조금 전 경찰을 만나자마자 수연이 도망가려고만 안 했어도 여기까지 올 필요도 없었을지 모른다. 나는 수연을 째려봤다.

"왜 경주 온 게 나 때문이야? 네 부모님 때문이지."

여기에는 수연의 가출 동기와 돈 떼인 수연 엄마 외 아줌마들의 미행 의뢰도 복합적으로 섞여 있었다.

수연은 세상 순진한 눈으로 나를 바라봤다.

"내가 경주역 가는 표를 산 건 너 때문이야. 기차를 혼자 탈 수 없어서 표도 못 사고 있는 내 앞에 네가 나타났고. 원래는 살짝 옆에 끼어서만 갈 생각이었는데 네가 돈이 없어서 표 못 산 거 보고 네 것도 산 거야. 난 오늘이 아니면 영영 서울을 못 떠날 것만 같았거든. 만약에 네가 사려던 게 부산행 표였으면 나는 지금 부산에 가 있을 거라고."

그럼 제 가출에 나를 이용한 거네. 은근 여우 같은 계집애잖아.

경찰은 다시 책상을 주먹으로 두드렸다.

"일단 조용히 해 봐. 그러니까 오드리가 능에 가자고 했다고? 얘가 오드리야? 너는 왜 능에서 미끄럼을 타자고 했는데? 그것보다 먼저 네 이름부터 대."

내 이름이 별명인 줄 아나 보다. 잘됐다. 나는 시치미를 뗐다. 김수연, 입 닥치고 가만히 있어라. 웬일인지 수연이 아무 말도 하지 않았다. 그것도 잠시.

우웩~~~

아, 정말 말문이 턱 막혀 욕도 안 나온다. 수연은 정신없이 토하기 시작했다. 많이도 처먹었다. 멈출 기세가 보이지 않았다. 우욱~ 시큼한 냄새에 나까지 토할 것만 같았다. 청소부 아줌마가 퇴근했다며 경찰과 나, 둘이 수연의 뒤처리를 했다. 다른 경찰이 수연을 유치장 안에 눕혔다. 젠장, 유치장 자물쇠가 열려 있었다면 나는 당장 수연을 가만두지 않았을 거다. 영영 감옥에서 썩어야 한대도.

"저 화장실 좀 갔다 오면 안 돼요?"

화장실까지 여자 경찰이 동행했다. 나는 거울 앞에 섰다. 이제야 내 상태를 제대로 본 것이다. 얼굴 전체에 붉은 기가 옅게 퍼져 있고 머리는 누구랑 싸운 것처럼 부스스했다. 군데군데 말라비틀어진 잡초까지 끼어 있었다. 온몸에 흙이 있는 건 둘째치고 점퍼의 팔 부분은 긁혀 뜯어져 있었다. 게다가 타이즈 여기저기에는 구멍이 나 있었다. 한마디로 거지꼴이다.

순간 눈시울이 뜨거워졌다. 왜 이러지? 나는 코로 숨을 깊게 들이마시고 머리를 정리했다. 손에 물을 살짝 묻혀 옷에 묻은 흙먼지를 털었다. 정신 차려야 여기서 나갈 수 있어. 타이즈도 벗어 던졌다. 차라리 얼어 죽고 말지.

화장실에 갔다 오자마자 조사는 바로 시작됐다. 그래도 경찰이 나름 배려 있게 자리는 옮겨 줬다. 수연은 어찌 됐든 제 계획대로 조사를 받는 데에서 쏙 빠졌다. 경찰이 방금 경찰서로 들어온 경찰에게서 무슨 보고 같은 것을 받았다.

"계속 아무 말도 안 하면 너희만 손해라고. 지금 능에서 무슨 일이 일어났는지 다시 말해 줘?"

경찰은 펜으로 책상을 탁탁 쳐 가며 열변을 토했다. 그제야 나는 경찰의 말을 정확히 알아들을 수 있었다. 하지만 전혀 이해할 수는 없었다.

지금으로부터 약 한 시간 전에 경찰에 신고가 들어왔다. 밤 9시 30분 즈음부터 세 사람이 능을 파는 것 같다고. 알아들을 수 없는 괴상한 소리를 내는데 마치 여자의 웃음과 울음이 섞인 것 같다고. 가운데에서 땅을 파는 사람은 분명 남자고 그 양옆에 서 있는 사람은 성별을 잘 모르겠지만 키가 큰 편이 아니었다고 말이다.

도굴단이라니. 우리가? 아니, 지금 내 뒤에서 조사를 받는 아저씨하고 수연과 내가?

내 몸이 서서히 떨려 왔다. 나무판 하나에 의지해 바다에 혼자 떠 있는 기분이었다. 여기를 어떻게 헤엄쳐 나가지.

"내가 능을 파는 걸 본 사람이 있대요? 확실한 증거도 없이 어떻게 사람을 범인으로 몰아요?"

내가 말을 맞게 하는 건가?

"너흰 범행 현장에서 잡힌 현행범이라고. 그래, 일단 용의자라고 하자. 어쨌든 네 옷 상태며 또, 물론 미끄럼을 탔다지만 저 아저씨를 모른다면서 똑같이 미끄럼 핑계를 대는 것도 의심스럽고."

"정말 저 아저씨 처음 봤어요."

"아무튼 이름부터 대라고. 어차피 시간 지연시키는 것밖에 안 돼. 아침에 너희 학교로 전화하면 네가 누군지, 집이 어딘지 네 부모까지 다 알아낼 수 있으니까."

그럼 그때까지 머리 좀 굴려서 내가 누군지 밝히지 않고 나갈 수 있는 방법이 있는지 찾아볼게요.

경찰은 길게 한숨을 내뱉었다. 버럭 소리를 지른 건 오히려 내 뒤에서 아저씨를 조사하던 경찰이었다.

"의사요? 참나, 의사가 능에서 미끄럼을 왜 타요? 어쨌든 그렇다고 해서 도굴을 안 했다는 증거가 될 수는 없어요. 그러니까 꼼수 부리지 마세요."

의사. 여기도 제정신이 아니군. 그런데 얘는 언제까지 잘 셈이야? 나는 유치장 쪽으로 고개를 돌렸다. 수연이 멍한 눈빛을 한 채 앉아 있었다. 머리며 옷 꼬락서니가 진상이 따로 없어 보였다. 경찰도 수연이 일어난 걸 봤는지 유치장으로 다가갔다.

"정신 들어?"

"아저씨, 배고파요. 국밥 좀 시켜 줘요."

"정신 안 차릴 거야? 너 용의자로 잡혀 온 거라고."

"힘없는 사람 늦게까지 억지로 조사하는 거 인권유린 아니에요? 저 아까 다 토해서 배고프단 말이에요. 배 채우고 다 솔직하게 말할게요."

결국 우리는 유치장 한가운데에서 국밥을 먹게 됐다. 우리에 등산복 아저씨도 포함이다.

수연은 국밥에 숟가락을 꽂고는 사진을 찍었다. 찰칵. 인스타를 하든 말든 이제는 눈길도 가지 않는다. 경찰은 처음인지 당황하며 바로 유치장으로 달려왔다.

"너 진짜 말 안 들어? 전화기 이리 내."

수연이 경찰에게 휴대폰을 넘기려는 찰나 나는 그것을 가로챘다.

"잠깐만요. 야, 너 아까 기차표 사진 찍었잖아. 그것 좀 찾아봐. 이 안에 우리가 범인이 아니라는 증거 있어요."

경찰은 뭔 소리냐며 유치장 안으로 들어왔다. 제발…… 수연이 표를 찍은 사진을 나에게 보여 줬다. 나는 사진을 크게 확대해 경찰에게 보여 줬다.

"여기 표 보면 경주역 도착 시간이 9시 42분이에요. 신고자 말로는 범인들이 30분부터 능을 팠다면서요. 그럼 우리는 범인이 아닌 거죠. 도착도 하기 전에 어떻게 파요? 시간적으로 봐도."

나는 침도 제대로 삼키지 못하고 경찰을 쳐다봤다. 알리바이는 알겠지.

"그래, 그렇지. 그런데 그 사진 하나로는 너희가 그때 기차에서 내렸다는 증거도 될 수 없고."

"경주역 CCTV요."

수연이 한 건 했다. 왜 그 생각을 못 했지.

"CCTV는 내일 오전에 볼 거고 거기에 너희가 있다 해도 능을 훼손한 사람들과 관련이 없다는 걸 완벽하게 증명할 수는 없어. 너희는 그 시각 능에 갔고 범행 현장인 능에서 체포가 됐으니까. 일단 국밥이나 먹어."

지겨워 죽겠네, 그놈의 능.

나도 진짜 돌았지. 왜 능을 타냐고. 평소에 존경하던 사람이 말한 것도 아니고 귀담아 듣지도 않은 말 때문에. 술이 원인인가? 나는 지금 당장 나를 쥐어뜯고 싶었다.

여기서 이렇게 시간을 보내는 사이 아줌마들이 사기죄로 엄마를 신고한다면…….

그런데 김수연, 넌 나갈 생각이 없니? 양념장을 푼 국밥을 들이키며 국물이 끝내준다는 말이나 하고 있게. 국물에 돼지 귀때기가 떠다니는 것만 봐도 속이 울렁거려 죽겠는데. 수연의 점퍼에 얼룩진 토 흔적까지.

수연은 입안 가득 국밥과 김치를 담고도 쉴 새 없이 말을 했다.

"근데 아저씨 그렇게 다리 펴고 먹으면 불편하지 않아요?"

아저씨는 양다리를 한쪽으로 곧게 뻗고 허벅지 옆에 국밥 그릇을 둔 채 먹고 있었다.

"아, 나는 양반다리가 안 돼. 쭈그려 앉는 것도 잘 못하고."

재수 없어. 왜 나랑 똑같이 하고 앉아 있는 거야. 나는 국밥 그릇을 둔 채 벽에 가 기대앉았다. 별로 그딴 거 먹고 싶지도 않고 지금 배도 고프지 않다. 정말 불쾌한 건 저 둘 사이에 내가 끼어 있어야 한다는 사실이다. 도굴단으로 의심을 받고 있는데 어쩜 저렇게 태평할 수가 있을까? 둘의 대화에 끼고 싶지 않았지만 '능'이라는 단어가 나오자 저절로 내 귀가 쫑긋해졌다.

"아저씨는 왜 능에서 미끄럼 탔어요?"

아저씨는 숟가락을 놓더니 17년 동안 해 보고 싶었거든, 하고 담담하게 답했다. 소원도 참. '너는?'이라는 아저씨의 물음에 수연이 고개를 돌려 나를 바라봤다.

"오드리가 하자고 했거든요. 전 근데 원래 능에서 미끄럼 타도 되는 줄 알았어요. 쟤 우리 학교에서 공부 좀 하거든요. 그런데 은근 허당이에요."

아저씨와 함께 수연은 웃기 시작했다. 나는 수연을 노려봤다. 네가 술만 안 줬어도, 아니 술만 안 훔쳤어도 지금쯤 멀쩡히 감포항에 도착했을 거라고. 어디에서 죄를 다 뒤집어씌우려고. 물론 문화재 훼손죄인 '능에서 미끄럼 타기'를 제안한 건 나였지만 나도 그 일로 텔레비전에서나 봤던 도굴 혐의를 받을 줄은 몰랐다고. 하지만 끝내 아무 말도 못 했다. 괜히 수연을 건드렸다가 엄마 일까지 터지게 할 수는 없으니까.

나는 차분하게 다시 머리를 굴려야만 했다. 어떻게 우리가 범인이 아니라는 것을 증명해 낼까?

주민 신고에 따르면 범인은 세 명. 9시 30분부터 이상한 소리를 내며 능을 팠다.

경주역 CCTV에는 우리가 기차에서 내리는 게 잡혔을까? 그랬대도 경찰은 우리가 알리바이를 위해 역으로 갔다고 주장할지도 모른다. 분명한 건 범인 중 한 명이 남자라는 거. 저 아저씨. 물론 의사라지만 뭐, 의사가 도굴단일 수도 있지. 그것까지는 내가 알 바가 아니고. 범인이 세 명인데 우리가 능에 셋이 동시에 있었기 때문에 의심을 받는 거잖아. 그러니까 아저씨와 우리가 아무 사이도 아니라는 것을 증명하면 돼. 그리고 우리는 진짜로 등산복 아저씨를 모르잖아.

둘은 국밥을 거의 다 먹은 상태였다. 수연은 여전히 질문을 쏟아내고 있었다.

"아저씨 진짜 의사예요? 의사가 수염도 안 깎고 왜 그래요?"

"병원에서 환자 볼 때는 깎지. 지금은 의료봉사 온 거라 그냥 둔 거야."

"의료봉사요? 저 다큐에서 봤어요. 의사가 고속버스 사 가지고 시골 다니면서 사람들 치료해 주는 거요. 혹시 그 서울 의사예요?"

그걸 지금 말이라고 하냐?

"서울 의사는 맞는데 아쉽게도 그 사람은 아니고. 나는 병원에서 일 년에 한두 번씩 봉사 다니는데 올해는 감포항으로 오게 됐어."

"감포항요? 우리도 거기 갈 건데. 그치, 오드리?"

나는 몸을 바로 세웠다. 반가워서가 아니라 경찰이 이 말을 듣고 또 우리를 한데 엮을 것 같아서다. 아까도 조사받으며 계속 아저씨와의 관계를 추궁했다. 무조건 아저씨와 다르게 대답하고 행동해야 한다. 수연이 잠자코 있어 줘야 할 텐데.

"김수연, 우리는 여기로 잠깐 기차 여행 온 거라서 바로 서울로 올라가야 하잖아."

제길. 수연이 내 얼굴 앞에서 제 손을 흔들어 댔다.

"너 술 안 깼어? 우리 감포항 가야 하잖아. 네 엄마."

툭!

나는 일어나면서 실수인 것마냥 수연의 어깨를 쳤다. 이제는 정면 돌파다. 나는 아저씨 앞으로 갔다. 그러자 아저씨가 나를 올려다봤다. 눈이 처져서 그런지 인상이 순박해 보였다. 순간 마음에서 누명이라는 단어가 떠올랐다. 지금 무슨 생각을 하는 거야? 원래 살인자들이 더 착하게 생겼다고.

"아저씨, 오늘 저희 처음 보는 거 맞죠?"

"그렇지. 근데 네 얼굴은 좀 익숙한 것도 같고."

"말 애매하게 하지 마세요. 아저씨 때문에 오해받았잖아요. 그러니까 우리랑 똑같이 감포항이네, 능 미끄럼이네 말하지 마시라고요. 어떻게 엿들었는지 모르겠지만, 혹시 기차역부터 우리 따라온 거예요?"

"그건 아니고 옛날 친구랑 능에서 미끄럼 탄 게 기……."

"아, 됐어요. 감포항은 의료봉사, 능은 친구 핑계? 제가 변명 들을 필요는 없고요. 경찰한테 똑바로 말해 주세요. 나는 저 둘하고 상관없다. 내 공범자들은 따로 있다. 이렇게요."

나는 쉴 틈 없이 아저씨를 몰아세웠다.

"요즘 시대에 도굴이 말이 돼요? 여태 능에 유물이 있다고 생각하는 것 자체가 정말."

아저씨가 벌떡 일어났다. 나는 순간 움찔했다. 뉴스에서 본 것처럼 폭력배가 섞인 도굴단은 아니겠지? 그래도 여기에서 물러날 수는 없어. 나는 눈에 힘을 주고 아저씨를 똑바로 쳐다봤다. 이에는 이, 눈에는 눈.

"왜요?"

"나도 범인 아니야. 정말 미끄럼틀 타러 간 거라고."

개뿔. 내가 믿을 거 같아? 나는 철장 가까이로 가 경찰을 불렀다.

"국밥 다 먹었어요. 빨리 우리 조사해 주세요."

"좀 조용히 있어 봐."

경찰은 이쪽으로 고개도 돌리지 않았다. 가만 보니 조금 전과 달리 경찰서 안이 분주해 보였다. 몇몇은 모여 회의를 하고 있었다. 어딘가로 나갈 준비를 하는 것도 같았다. 무슨 사건이 또 터졌나? 지금 다른 사건에 신경 쓸 때가 아닌데.

아저씨가 성큼 나에게로 다가오는 것 같았다.

"오드리, 내 얘기도 들어야지."

나는 못 들은 척했다. 그리고 자연스럽게 몸을 반대로 옮겼다. 이제 할 수 있는 말은 다 했다. 여기서 어떤 말을 더 잇다가는 내가 오히려 덤터기를 쓸지도 모른다. 그때 수연이 나와 아저씨의 사이를 가르듯 내 옆에 섰다. 웬일로 기특한 짓을.

"경찰 아저씨, 오드리가 할 말 있대요. 오호~"

수연은 철장을 흔들며 소리를 지르기 시작했다. 마치 콘서트 장에 있는 것처럼 손까지 흔들었다. 할 말 있다고요♪ 조사해 주세요 ♬ 리듬을 붙여 무한 반복했다. 그러고는 금세 데굴데굴 구르면서 웃어 댔다. 주사니, 아님 진짜 돈 거니? 미쳤다는 사유로 여기를 나갈 수만 있다면 그리 나쁜 방법은 아닌 것 같았다.

"이 자식들 조용히 안 해?"

수연의 귀로는 경찰의 날카로운 목소리가 들어가지 않는 것 같았다.

"하하, 나 경찰서에서 깽판 한번 치고 싶었거든. 어때? 미친년 콘셉트. 하하. 아저씨 저 연기 어때요?"

아저씨는 수연을 보고 엄지를 들어 올렸다. 여기 미친놈 추가.

나는 다시 나를 조사했던 경찰을 불렀다. 그러나 전화를 하느라 정신이 없었다.

"뭐라고? 대릉뿐 아니라 삼릉 쪽도? 지금 일단 능 주위에 있는 경찰들은 다 조사해 보라고 해."

경찰이 우리 쪽을 한번 째려보더니 밖으로 나갔다. 파인 능이 한 군데가 아니라는 건가? 그것까지 우리가 다 뒤집어쓰는 건 아니겠지. 나 혼자로는 안 되겠다. 나는 수연을 한쪽으로 불러 귓속말을 했다.

"우리가 여기서 나가려면 저 아저씨를 범인으로 몰아야 해. 그러니까 내가 말하면 협조 좀 해. 알았어?"

수연이 고개를 끄덕였다.

"근데 아저씨 범인 아니야."

"그게 무슨 상관이야? 너 안 나갈 거야?"

"아까 국밥 먹을 때 억울하다고 그랬다니까."

"얘들아, 진짜야."

윽! 낯선 소리에 고개를 돌려 보니 아저씨가 우리 얼굴 사이로 고개를 내밀고 있었다. 나는 반사적으로 아저씨를 뒤로 밀었다. 그러고는 옆으로 몸을 피했다. 경찰서지만 나는 밀폐된 공간에 갇혀 있다. 여기에는 믿을 사람이 아무도 없다. 아저씨가 억울하다고 말하면서 내 옆으로 오려 했다.

"거기에서 그냥 말하세요."

"나도 할 수 없이 여기 있는 거라고. 증거 불충분으로 풀려나려면 48시간은 꼼짝없이 있어야 하니까. 그러니까 이것도 인연인데 우리 으르렁대지 말자고."

인연은 됐고. 증거 불충분? 풀려나?

"확실한 거 없으면 풀려날 수 있다는 거예요?"

"오호~ 정말이에요? 근데 아쉽다. 난 더 쇼킹한 것도 경험해 보고 싶었는데."

아저씨가 아쉬워하는 수연의 머리를 살짝 헝클이면서 고개를 끄덕였다. 나는 다리에 힘이 풀려 그대로 주저앉았다. 앗! 다리. 구부러진 다리를 폈다.

내가 도굴했다는 증거, 당연히 없지. 그럼 나는 여기에서 나갈 수 있는 거다.

수연이 유치장에서 방방 뛰어 댔다. 이것도 하고 싶었던 일탈이야? 나는 한 소리 하려다 그대로 뒀다. 사실 마음 한 편으로 수연이 걸렸었다. 내 우발적 감정으로 했던 일 때문에 구속되고 재판이라도 받게 됐다면, 다시 생각만 해도 아찔하다. 여하튼 수연을 향한 찜찜한 마음은 날아간 것 같았다.

갑자기 제자리에서 뛰던 수연이 메뚜기처럼 유치장 안을 사방팔방 돌면서 뛰기 시작했다. 쭉 뻗은 내 다리가 밟히는 건 시간문제처럼 보였다. 나는 어금니를 꽉 물고 나지막하게 수연을 불렀다.

"그만해라."

"너도 빨리 해 봐. 아저씨도요. 완전 재밌어요."

"그러니? 재밌을 것 같긴 한데."

재미? 어른이 할 소리야? 정말 이번에는 이해, 아니 참아 주려고 했지만 내 인내심이 한계에 도달하고 말았다.

"야, 너 돌았어? 그만하라고. 유치장에서 뛰는 미친년이 어디 있냐?"

모두 얼음이 됐다. 이 말을 뱉은 나조차도. 나는 두 손을 불끈 쥐고 있었고 수연은 그대로 미라처럼 서 있었고 아저씨는 마치 점프하기 직전의 도약 자세로 엉거주춤하게 있었다. 아저씨는 멋쩍은 표정으로 내 눈치를 살폈다. 혹시 수연을 따라 뛰려던 거야? 정말 답 없다.

얼음땡을 외친 건 경찰이었다. 조용히 하지 않으면 공무집행방해죄를 추가하겠다는 말로.

자리에 앉으며 수연의 행동은 잠잠해졌지만 기가 죽은 것 같지는 않았다.

"지금 여기서만 인스타 한 열 개는 할 수 있는데. 아쉽다."

"아까 달라고 했을 때 변호사 오면 조사받겠다면서 안 줘도 됐는데. 경찰이라도 개인 물품 함부로 못 가져가거든."

"지금 달라고 할까요?"

"이제 압수 조사 들어간 경우니까 소용없지."

아저씨는 제 휴대폰을 흔들어 보였다. 그러자 수연이 낑낑대는 소리를 해 댔다. 푸우- 잉.

시계를 보니 새벽 1시가 넘었다. 48시간 지나면 나갈 수 있다니까 다행이지만 약속한 기한을 부질없이 까먹게 되는 거다. 엄마는 감포항에 있겠지? 아니, 있어야 해. 나는 억지로 눈을 감았다.

수연의 입은 쉴 틈이 없었다.

"가만 보면 아저씨랑 저랑 닮은 점이 많은 것 같아요. 눈 처진 것도 그렇고 일탈을 좋아하는 것도 그렇고. 그리고 친구 말 때문에 능에서 미끄럼 탄 것도 그렇고."

또 시작이군. 한마디 해 주려다 말았다. 경찰 말대로 괜히 다른 일로 또 엮이면 골치 아프다. 나는 애써 마음을 다독이며 눈을 더 질끈 감았다.

"아저씨, 그 친구 여자 맞죠?"

"어? 어. 나 20대 때 만난 첫사랑."

"아까 그 17년 전? 장난 아니다. 그때 그 말을 기억한 거예요? 완전 사랑했나 봐요?"

"그땐 몰랐지만 운명이었거든. 아무튼 엄청 재밌게 같이 타고 놀았어. 예전에도 불법이었나?"

"지금 와이프가 첫사랑이에요? 아니죠?"

"응, 아니야. 그리고 아저씨 돌싱이라 와이프 없어."

"완전 아저씨 인생 스펙터클하다. 의사가 능 미끄럼 타는 것도 그렇고 첫사랑 못 잊은 거며 이혼에."

그래서 사랑은 믿을 게 못 된다는 거야. 멍충아.

"첫사랑하고는 왜 헤어졌어요?"

뻔하지.

"예수께서 인도하신 대로 나는 간 것이고 이에 한 점 어긋남이 없으니."

이건 아저씨의 목소리가 아니었다. 목이 쉰 여자의 목소리였다. 눈을 떠 보니 여자 한 명, 남자 두 명이 경찰에게 이끌려 들어오고 있었다. 두 남자는 고개를 푹 숙였지만 여자는 고개를 치켜들고 큰 소리로 떠들었다.

"우리 목사님 손 당장 놓지 못해. 그분이 주님과 영접하신 분이다. 이 사탄들아, 예수님께서 너희를 모두 저주할 것이니 예수! 예수! 이것들을 지옥에 보내시고 예수! 예수!"

나는 자리에서 일어나 창살 가까이로 갔다. 우리 셋은 넋을 놓고 그 셋을, 아니 아줌마를 구경했다.

"나 이번에 너 따라오기 정말 잘한 것 같아. 내 인생에서 이렇게 판타스틱한 날은 처음이야."

나는 지긋지긋하다.

그 셋을 나름 정리시킨 뒤 경찰이 우리에게로 다가왔다. 당연히 들어야 하는 말.

미안합니다. 그래도 이해하시죠? 저희 입장에서는 하나의 단서라도 놓칠 수가 없다는 거. 자기들이 한 범행을 찍은 동영상도 있고 직접 능을 파는 것도 경찰이 목격했으니까 선생님은 나가셔도 됩니다. 너희 둘도 고생 많았다. 첫차 다니려면 좀 있어야 하는데 여기에 그때까지 있으시겠어요?

우리는 그러기로 했다. 그러고는 그들이 조사받는 모습을 지루한 줄도 모르고 지켜봤다.

목사라는 사람이 무덤을 판 건 아까 난리를 쳤던 여신자 때문이었다. 어느 교회에서 절 탑을 무너뜨렸다는 뉴스를 접한 여신자는 목사에게 당신도 이제 위대함을 보여 줄 때라고 부채질한 것이다. 목사는 몇 번이나 좋게 말해서 여신자를 돌려보냈다. 교회에서 하는 기도도 예수님께서 다 들으시고 응답해 주신다고 설득했으나 여신자는 쉽게 포기하지 않았다. 결국 사람들을 매수하기 시작했다. 여기 목사는 영발이 약한 것 같아. 유교 사상이 깊이 박혔나봐. 잠깐의 뒷소문일 거라 생각했지만 작은 교회에서의 말 한마디는 너무도 큰 영향력을 행사했다. 신도들이 하나둘 떠났고 헌금의 액수도 눈에 띄게 준 것이다.

3년을 그렇게 보냈단다. 나름 오래 버티기는 한 것 같다.

"나도 무덤까지는 파고 싶지 않았습니다. 그럴 배포도 없는 놈이고. 그런데 어떡합니까? 배운 게 목사질뿐이니 먹고살려면 뭐든 해야죠. 말이 나와 그런데 경주처럼 맨 무덤이다 절이다 쌓인 곳에서 예수쟁이 하기가 쉽지 않다고요. 아니, 그 새끼들은 왜 탑을 부수고 지랄을 떨었답니까? 유교사상을 다 부정해야 합니까? 과거 없이 현재가 존재할 수 있냐고요?"

목사는 그동안의 한풀이를 경찰한테 하는 것 같았다. 그동안 쌓인 건 많았는데 풀 곳이 없었나 보다. 심지어 노총각이라니까.

"경주가 뭡니까? 과거와 현재가 공존하는 역사의 명소잖아요. 근데 왜 절, 무덤, 탑 이런 것들을 없애지 못해 안달이냐고요. 그건 다 이단 새끼들입니다. 뭐? 예수 안 믿으면 지옥 가? 아니, 예수님이 모든 사람을 사랑하는 분인데 예수 믿는 애, 안 믿는 애 편 가르겠어? 에라, 이 뻑이다."

그래도 한때는 예수를 외치며 지옥과 천국의 구분을 지었을 목사였을 텐데 어쩌다 저리 됐는지. 한쪽에서는 목사의 말에 분노한 아줌마가 찬송가를 부르기 시작했다. 더 이상 목사의 목소리는 들리지 않았다. 그때 목사가 자리를 박차고 일어났다. 그리고 소리쳤다.

"나 이제 목사 그만할래–."

목사는 경찰서에서 커밍아웃을 했다.

어느 정도 조사를 끝낸 목사 일행은 다른 데로 옮겨졌다. 그리고 우리는 잠깐 잠이 들었다.

새벽 6시. 드디어 유치장을 나왔다. 밖으로 나가려는 나를 경찰이 붙잡았다. 뭐지? '무덤 도굴 관련사건'으로 조사했다는 기록을 남기기 위해 신상을 적어야 한다는 것이다. 이런 젠장.

아저씨가 먼저 썼고 수연이 펜을 잡았다.

"아저씨 어떻게 저희를 도굴단으로 몰 수 있죠? 그럴 명분이 있어 보여요? 촉 좀 더 세워야겠어요."

수연의 통쾌한 발언이었다. 나는 작은 실수로 유치장에 다시 들어가게 될까 봐 선뜻 입이 떨어지지 않았다. 경찰서가 큰 충격이었나? 마음과 몸이 쪼그라든 것 같았다. 내가 우물쭈물대자 수연이 내 신상을 적었다.

차오드리.

모두 본명이었냐면서 웃기 시작했다. 마음껏 웃어라. 그래도 부모를 부르지 않은 게 어디냐. 아저씨가 우리의 보호자를 자처했다. 미성년자라 보호자가 있어야 경찰서를 나갈 수 있다고 했기 때문이다.

우리는 경찰서 앞 버스 정류장에 섰다. 아직 겨울이라 그런지 새벽녘 하늘이 어두웠다. 수연이 아저씨 옆으로 가더니 고맙다고 했다. 아저씨는 우리에게 학창 시절을 떠올리면 경주가 가장 기억에 남을 만큼 재밌게 여행하라고 했다. 형식적인 인사. 아저씨가 눈곱 낀 눈으로 나를 보며 찡긋댔다. 나는 고개를 돌렸다.

왜 추레한 아저씨의 눈빛이 따뜻하게 보이지? 잠을 못 자서 헛것이 보이나.

나는 어떤 사람과 가까워지려는 이런 느낌이 불편하다.

아저씨가 기름진 머리를 긁적였다.

"내가 제일 좋아하는 능 미끄럼을 이제 못 타다니 슬프다. 예전에도 불법이었나?"

나는 묵혀 있던 사실이 점점 선명해지려는 모습을 보고 싶지가 않다.

잠깐 생각에 잠겨 있던 아저씨는 이제 막 가려던 우리를 붙잡았다.

"너희 경주 최고 먹거리가 뭔지 알아? 그거 먹고 갈래? 그건 그 대로겠지. 가 보자."

나는 무언가를 기대하는 마음이 열정을 만들어 내고 사소한 걸로 허무하게 꺾이고 마는 과정을 경험하고 싶지 않다. 그딴 감정 사이클에 휩싸이고 싶지 않다. 나는 앨리스처럼 겁 없이 버섯을 또 먹을 자신이 없으니까. 이미 버섯으로 무지막지하게 커진 몸을 감당하며, 더 커질지 모를 위험을 감수하며 버섯을 먹을 용기가 없으니까. 그래, 안다. 앨리스가 먹은 두 번째 버섯은 몸을 작게 해 줬다는 걸. 그러나 그건 현실이 아닌 동화다. 그래서 나는 아저씨 반대편으로 시선을 돌렸다.

5 _ 경주 만두

경주 만두?

나는 아저씨의 말이 기가 막혔다. 내가 아무리 경주를 모른다 해도 경주 대표 먹거리가 빵이라는 것 정도는 안다. 그런데 만두라니. 황당하기는 수연도 마찬가지인 것 같았다.

"아저씨, 경주는 수제 팥이 가득 들어간 황남빵이 제일 유명해요. 저번에 수학여행 왔을 때 얼마나 많이 사 먹었다고요. 말하니까 또 먹고 싶네."

수연이 쩝쩝대며 군침 삼키는 소리를 냈다.

"모르는 말씀. 경주 하면 만두지. 진정한 맛을 아직 못 봤구나. 기똥찬데. 만두 먹고 감포항까지 같이 가자."

"됐어요."

나는 더 이상 아저씨와 엮이고 싶지 않았다. 그런데 느닷없이 수연이 내 팔을 잡고 흔들었다.

"오드리, 우리 먹고 가자. 너 만두 좋아하잖아."

"가고 싶음 너나 가. 난 싫어."

마침 '감포항행'이라고 적힌 버스가 도착했다. 그러나 나는 버스에 올라타지 못했다.

버스카드를 넣어 뒀던 앞주머니가 텅 비어 있었기 때문이다. 내옷에 있는 주머니를 모두 뒤집어 봤다. 버스카드는 물론이거니와 돈까지 사라져 버린 것이다. 어디에 흘렸지? 기차, 경주역, 정류장, 능, 경찰서…… 어제 하도 돌아다닌 데가 많아서. 그러나 제일 의심 가는 데는 있다. 바로 능. 그리로 가려는데 수연이 내 팔을 붙잡았다.

"돈 잃어버린 거야?"

마지막 말이 내 발목까지 붙들었다.

"나도."

나는 뒤돌아 수연을 바라봤다.

"가방에 안 넣었어?"

"그냥 생각 없이 주머니에 넣었는데."

수연이 힘없이 고개를 푹 숙였다. 찾아보고 없으면 수연한테 돈을 빌릴 생각이었는데. 한쪽에서 전화를 하고 있던 아저씨가 우리 곁으로 왔다.

"너희 돈 잃어버렸니? 아무래도 능 탈 때 빠진 거 같다. 나도 어제 능에서 미끄러질 때 몸이 빙빙 돌고 뒤집어지더라고."

수연은 아저씨의 예상이 맞는 것 같다며 손뼉을 치고 난리가 났다. 이미 나도 파악한 사실이다. 나는 도로에 있는 이정표를 보고 대릉으로 향했다. 수연과 아저씨가 뒤따라왔다. 어김없이 수연은 호들갑을 떨기 시작했다. 제 주머니에 돈이 얼마, 어떤 모양으로 있었는데 어쩌구저쩌구.

듣기 싫어 나는 뛰기 시작했다. 점점 새벽녘 어둠이 걷히고 있는 게 느껴졌다. 나는 좀 더 속도를 냈다. 동네 사람들이 운동이라도 나와 내 돈을 먼저 집어 갈 수 있으니까. 그러나 맨다리에 느껴지는 바람은 차갑다 못해 할퀴는 것처럼 아팠다. 그래도 뛰어야 해. 그 돈은 내가 처음으로 자존심을 구기고 받은 거고 엄마를 찾기 위해 꼭 필요한 거니까.

능에 도착해 나는 다시 한번 크기에 놀랐다. 어제 내가 저 위에까지 올라갔다니. 내 키에 몇십 배, 아니 몇백 배는 더 돼 보이는데. 정말 취했던 건가? 어쨌든 나는 경찰이 능 주위에 둘러놓은 바리케이드를 넘어가 본격적으로 돈을 찾아봤다.

그러다 어제 목사가 팠다는 부분에서 걸음을 멈췄다. 고작 이거 파고 경찰에 잡히다니. 딱 농구공만 한 크기의 입구, 깊이는 내 팔 길이 정도. 정말 '애걔'다. 하긴 언 땅을 삽으로 파는 게 보통 어려운 일이 아니니까. 내가 어제 막대기로 언 땅을 좀 쑤셔 봐서 안다.

나는 능 주위를 마저 다 돌아봤다. 없다. 고개를 들어 보니 날은 어느새 밝아 있었다. 저 위에 있을까? 올라갈 생각을 하니 정말 까마득했다. 내 한숨 소리에 맞춰 수연의 목소리가 들렸다.

"오드리, 어디 있능? 어서 말하능~"

내가 분명히 보이면서 저런 대사를 치는 건 무슨 심보일까? 수연은 아저씨와 찰싹 붙어서 걸어오고 있었다. 완전 커플 납시었네. 그런데 쟨 왜 갑자기 능능거려? 날이 추워 혀가 돌아갔나.

수연은 내 앞에 서자마자 나를 어딘가로 끌고 갔다. 입이 얼어 왜 이러냐고 따지지도 못했다. 손을 뿌리쳐 보려고 했으나 수연의 힘을 당해 낼 수가 없었다. 내 몸이 추위에 뻣뻣해진 탓도 있겠지만 진짜 힘이 세다.

드디어 수연이 내 손을 놓은 곳은 화장실이었다. 내가 눈을 흘기며 무슨 짓이냐고 하자 수연이 검정색 스타킹을 내밀었다.

"춥지능? 타이즈 신어능."

안 춥다면서 잠깐이라도 버텼어야 했는데 내 손은 그걸 덥석 받았다. 변명으로 들릴지도 모르겠지만 지금 내 다리는 작은 충격에도 깨질 정도로 꽝꽝 언 상태다. 수연과 신경전을 벌일 여유가 없다는 것이다. 나는 그 자리에서 바로 타이즈를 신었다. 그러자 갑자기 엄마가 켜 놓은 전기장판에 쏙 들어간 것만 같았다. 미치도록 따뜻했다. 나도 모르게 웃음이 실실 샜다.

그제야 화장실 칸에 들어가서 신을걸 하는 후회가 스멀스멀 밀려오기 시작했다. 나는 학교에서 체육복을 갈아입을 때도 다른 아이들과 달리 꼬박꼬박 화장실에 간다. 그런데 타이즈를 보고 나의 참을성은 완전 제로가 된 것이다.

그래도 김수연 고맙다. 억지로 화장실까지 끌고 와 줘서.

그러나 아무리 추위에 몸과 머리가 다 얼어 판단력이 흐려졌대도 이 말은 절대 나오지 않았다.

수연은 아직까지도 듬성듬성 구멍 난 타이즈에 새것을 덧입느라 낑낑대고 있었다.

"너도 돈 잃어버렸다면서 이건 어떻게 샀어?"

"아저씨가 사 줬다능. 빨리 돈 찾으러 나가자능."

소주를 훔쳤다는 말을 들었을 때보다 더 찝찝했다. 모르는 사람한테, 그것도 유치장에서 만난 사람한테 타이즈를 얻어 신다니. 하지만 벗을 수는 없었다. 아까처럼 밑 빠진 독에 물을 붓듯 열도 오르지 않는데 손바닥으로 맨다리를 비비는 걸 또 할 자신이 없었기 때문이다. 생각만으로도 추워서 몸서리가 쳐진다.

평생 볼 일도 없을 텐데 그냥 눈 한번 감고 뻔뻔하게 행동하자. 하지만 마음처럼 화장실 문을 얼른 열 수가 없었다.

휴.

나는 심호흡을 하고 화장실을 나왔다. 수연은 아저씨 앞에서 고맙다고 말하며 제자리에서 빙글빙글 돌고 있었다. 무슨 타이즈 하나로 패션쇼까지. 수연의 행동에 내 인사치레까지 포함시켜도 충분할 것 같았다. 나는 그들과 아무 연관도 없는 것처럼 능으로 가 돈을 찾기 시작했다.

어느새 아저씨와 수연이 내 옆으로 다가왔다.

"내가 너희 화장실 간 사이에 좀 찾아봤는데 없어. 도저히 못 찾아."

"맞다능. 여기에서 돈을 찾으려는 건 사라진 체셔 고양이를 붙잡으려는 거와 똑같다능."

《이상한 나라의 앨리스》에 나오는 체셔 고양이. 유일하게 엄마가 읽어 준 동화책이다. 어쩜 책을 골라도 논리적으로 전혀 이해할 수 없고 현실에서는 불가능한 내용만 가득한지. 그런 책이며 드라마를 보니까 현실감각이 떨어져 점이나 보고 마음이 붕붕 떠 얼굴을 고쳐 대는 거다. 분명 그 돈도 성형 아니면 굿하는 데에 썼겠지. 갑자기 열이 확 솟구쳤다.

수연이 내 팔에 팔짱을 끼었다.

"아저씨 따라 감포항 가자능~ 조금 있다가 제자가 차 가지고 데리러 온다능~"

나는 아저씨에게서 뒤돌아 걸어갔다.

"저 아저씨를 어떻게 믿고? 차에 태워서 우리 이상한 데로 데려갈 수도 있어."

"그럼 액션 영화 하나 찍으면 되능. 차에서 뛰어내리거나 어느 창고에서 탈출을 하는 거지능."

"웃기네. 무서워서 혼자 기차도 못 탔다는 애가 무슨 탈출을. 퍽도."

"나 이제 하나도 안 무섭다능. 나도 내가 이해가 안 가는데 경주역에 도착하자마자 내 안에 무슨 근본 없는 자신감이 마구 샘솟고 있는 거 같다능."

네 행동이 이상한 건 안다니 다행이다. 그래도 나는 싫다고 말했다. 그러자 수연이 내 눈앞에 검은 휴대폰을 내놓았다. 이건 또 뭐야?

"너 불안할까 봐 했다능. 하지만 저 아저씨 딱 봐도 나쁜 사람 아니능. 나 사람 정말 잘 본다능."

도저히 수연의 말을 다 들을 수가 없었다. 수연뿐만 아니라 저 아저씨도 확실히 제정신이 아니다. 아저씨가 의심스러우니 감포항에 도착할 때까지 아저씨의 휴대폰을 갖고 있겠다고 제안한 수연이나 어제 경찰서에서 처음 만난 여고생에게 휴대폰을 맡긴 아저씨나.

수연이 가방에 휴대폰을 넣을 때 아저씨가 우리를 불렀다. 뒤돌아보니 만화 주인공처럼 좌우로 심하게 몸을 떨고 있었다. 목소리는 말할 것도 없었다.

"내가아~ 추위를 정, 정말 미친 듯이 타서~ 우리 이제~ 마안두 집 가면 안 되엘까? 으흐흐~"

아저씨 꼴이 정말 우스워 웃음이 나올 뻔했다. 어디가 모자란 게 분명하다. 사람이 좀 쉬워 보이는 것 같았다. 사실 나도 강추위에 감각을 잃은 지 오래다. 그러면 배도 얼었어야지. 여지없이 꼬르륵은 뭐야. 수연이 내 옆구리를 찌르며 웃어 보였다. 계집애, 귀도 참 밝다.

나는 만둣집으로 가면서 다시 능을 쳐다봤다. 너무 크다. 어제 저 능에 오르는 건 일도 아니었는데. 경찰서 앞 정류장에서만 해도 당장 돈을 찾을 수 있을 것만 같았는데. 조금씩 두려운 마음이 들기 시작했다. 당연히 그럴 거라고, 할 수 있을 거라고 믿은 일들이 어처구니없이 실패로 돌아가는 것만 같았다.

그래도 오드리, 어떻게 됐든 감포항까지는 갈 수 있게 됐잖아. 그럼 된 거야. 오늘 안에만 해결하면 돼. 아직 4일이나 남았다고.

'경주 만둣집'

간판은 군더더기 없이 고딕체로 정확하게 쓰여 있었다. 오래돼 녹이 쓴 부분도 있었지만 초록색 바탕에 쓴 노란색 글씨가 선명해 보였다. 학교에서 배운 대로 보색을 잘 활용한 예인 것이다.

가게 문은 열려 있었지만 아직 장사를 하지 않는지 홀에 불이 꺼져 있었다. 앞장선 아저씨를 따라 우리는 일단 가게 안으로 들어갔다. 아저씨가 유일하게 불이 켜진 주방으로 다가갔다.

"장사 안 하세요?"

"9시부터 시작이라."

60대 후반으로 보이는 할아버지가 주방에서 나왔다. 수름진 얼굴에 검버섯이 군데군데 피기는 했지만 전체적으로 몸이 다부져 보였다. 투박한 말투에서 단단함도 느껴지고. 이 말은 가게 오픈 시간을 바꿀 정도의 융통성이 보이지 않는다는 의미다. 그러나 아저씨는 포기하지 않았다.

"지금 만두 만들고 계셨나 봐요?"

아저씨는 밀가루가 하얗게 묻은 할아버지의 손을 가리켰다. 그러면서 자연스레 질문을 이어 갔다. 몇 시부터 나와 하시는 거냐고 묻자, 할아버지는 새벽 6시 즈음 나와 그날 팔 만두를 매일 만든다고 했다. 퉁명스러운데 묻는 말에는 다 대답해 줬다. 나는 연탄난로로 가 몸을 녹였다. 진짜 가게가 오래되긴 했나 보다. 그렇다고 앤틱한 매력이 있다는 건 아니다. 가게 안에는 낡은 테이블과 의자, 연탄난로, 한쪽에 쌓아 둔 밀가루 포대가 인테리어의 전부였으니까.

아저씨는 옆에 지원군까지 두고서 여전히 할아버지를 설득하고 있었다.

"할아버지, 저희 여기 만두 먹고 싶어서 지금 서울에서 내려왔단 말이에요. 해 주시면 안 돼요?"

"사장님, 제가 17년 동안 잊지 못한 맛입니다."

"허어 참, 그라믄 그새 와도 몇 번을 왔겠다. 와 이 새벽에 오노."

역시나 퉁명스러운 말투였지만 할아버지는 가게 안의 불을 다

켜고는 잠깐만 기다리라고 했다. 둘은 나를 보며 손가락으로 브이 자를 만들어 흔들었다. 나도 배가 고프긴 하지만 그렇게까지 해서 꼭 이 만두를 먹어야 하는 이유를 모르겠다. 아저씨의 기.똥.찬.데. 라는 말만 듣고서 말이다.

만둣국은 패스트푸드와 맞먹을 정도로 빨리 나왔다.

나는 국물 한 숟가락을 떠먹고는 깜짝 놀랐다. 내 예상을 뛰어넘는 맛이었다. 맛이 너무나도 그냥, 평이했다. 말 그대로 만둣국 맛이다. 그러니까 동네 분식집이나 칼국숫집 어디에서나 흔히 맛볼 수 있는 그런. 심지어 음식 솜씨 없는 우리 엄마도 낼 수 있는. 그렇다고 만두 모양이 특별한 것도 아니고.

이것 때문에 추위를 무릅쓰고 여기까지 걸어오고 할아버지한테 한 그릇만 달라고 절절 매고 더구나 17년 동안 가슴에 품고. 한마디로 '뜨악'이다. 그래도 다행인 건 배 채우기에는 손색이 없다는 거다.

숟가락질을 하는 내 팔과 수연의 팔이 부딪혔다.

"아, 불편해. 네가 왼손잡이인 건 부럽지만 배고플 때는 좀 아니다능. 자리 바꾸자능."

"귀찮아. 그냥 먹어."

수연이 나를 보며 입을 비쭉 내밀었다. 그러고는 아저씨 옆으로 자리를 옮기려고 했다.

"어쩌냐, 나도 왼손잡인데."

"어제 국밥 왼손으로 먹었어능? 몰랐어능. 아까 신상 적을 때는 오른손으로 쓴 것 같은데능."

결국 수연은 나와 제 의자를 떨어뜨리고 모서리에 앉았다. 왼손잡이가 매력 있다는 말도 공복에는 통하지 않나 보다.

"글씨 쓸 때만. 너희 만두 맛 봤어? 어때?"

수연이 얼른 만두 하나를 건져 제 입에 넣었다. 그러더니 어, 어? 하면서 또 하나를 집어 먹었다.

"계피?"

"맞아. 여기 만두소에는 계핏가루가 들어가."

"역시 풍미가 다르다능."

수연은 만두를 먹으며 눈을 뒤집어 까고 기절하는 척을 열댓 번도 더 했다. 유토피아적 맛이라나.

이게 특별한 건가? 원래 그렇게 먹는다. 우리 집에서는 말이다. 처음 먹을 때는 향이 강해 묵직한 맛이 입 안에 돌아 부담스럽지만 고기 특유의 누린내나 텁텁함을 없애 준다. 후추 넣은 것보다 감칠맛도 더 좋고. 계피는 커피보다 만두하고 더 잘 어울린다.

나는 호들갑을 떨며 먹는 둘과 달리 묵묵히 배를 채우는 데에만 집중했다.

잠깐! 이 가게가 언제 생긴 거지?

"할아버지 언제부터 만두에 계핏가루를 넣었어요?"

"내 고향 돌아온 제 20년 됐으니께."

20년 전이라면…….

오늘 장사 준비를 마쳤다는 할아버지는 우리 옆 테이블에 앉았다. 그러면서 우리 중 누구도 묻지 않은 경주 만둣집의 탄생 비화를 퉁명스럽게 털어났다. 원래 말투가 요즘 말로 시크한 것 같다.

열여덟 살 때 서울로 올라간 할아버지는 징그럽게 고생만 했다고 한다. 동대문에서 할 수 있는 일은 다 해 봤지만 벌이는 그닥 좋지 않았다고. 그러다 엄마표 만둣국이 너무 먹고 싶어서 손수 만두를 만들고 끓이게 됐는데 그때가 마흔세 살. 서울에 온 지 25년 만이었고 경주로 돌아오기 5년 전이었다. 그런데 완성된 만두에서 계피 맛이 나는 것이다. 알고 보니 후추 대신 아내가 수정과를 만들고 남은 계핏가루를 잘못 넣었단다. 그러나 맛은 뜻밖에 좋았고 계피만두는 지겨운 서울살이를 끝내고 경주로 와 만두 가게를 차리게 해 준 것이다.

엄마의 창작 요리가 아니라는 게 밝혀지는 순간이었다. 그리고 내가 태어나기 전에 엄마가 이곳에서 만둣국을 먹었을지도 모른다는 것도……. 이런저런 생각을 하니 새삼 가게가 새롭게 보였다. 물론 그렇다고 엄마의 추억을 쫓고 싶다는 말도 안 되는 감정에 휩싸였다는 건 아니다. 그저 신기할 뿐. 연예인이 왔다 간 가게가 남달라 보이듯이 아는 사람이 왔었다니까.

됐다. 만두나 먹자.

"근데 아저씨 여기 여자 친구랑 왔어능?"

"뭐, 그렇지."

"야야, 말 마라. 지금이야 삐까뻔쩍한 데 마이 생기가 그라제 옛날에는 여서 다 데이트했다 아이가. 요 앞 극장서 영화 보고. 자네도 그랬제?"

할아버지의 말에 아저씨가 고개를 끄덕였다. 알고 보니 자기 추억 놀이에 우리를 들러리로 세운 거잖아. 밥맛없어.

Moon river, wider than a mile ♪

"문 리버♪ 와이 으음으♬ 애앤♩ 야! 오드리, 네 주제가다능."

"내가 가장 증오하는 노래거든."

"내 전화 벨소리인 것 같은데 전화기 좀."

수연이 서둘러 가방에서 휴대폰을 꺼내 아저씨에게 줬다. 그리고 수연도 제 휴대폰을 꺼냈다. 뻔하지. 만두 찍어 인스타에 남기겠지.

"서 교수한테는 오늘 진료 시간 전에 도착한다고 내가 전화했어. 그래, 그럼 한 10분 뒤에 나갈게. 거기에서 봐."

아저씨가 느끼하게 목소리를 깔았다. 교수라고 폼 잡는 건가?

전화를 끊은 아저씨는 다시 휴대폰을 수연에게 내밀었다. 그런데 수연이 받지 않았다. 할 수 없이 내가 받아 들어 내 점퍼 주머니에 넣었다. 끝까지 긴장을 늦춰선 안 되니까. 수연이 내 행동을 보고 놀란 것 같았다. 그러든지 말든지. 수연도 금세 나에게서 시선을 뗐다.

"그거 영화 〈티파니에서 아침을〉에서 오드리 헵번이 부른 노래 맞죠?"

"옛날 배우를 어떻게 알아? 내 이상형이잖아. 오드리 헵번은 외모며 성품이며 연기며 노래 실력까지 뭐 하나 빠지는 게 없어. 나중에는 아프리카 봉사만 하다가 생을 마감했고. 완벽한 여성이지."

좋아하는 여자 많아 배부르겠네. 첫사랑에, 연예인에, 전 부인에.

나는 만둣국을 대충 다 먹고 숟가락을 내려놓았다.

"그 여자 얌전해 보여도 이혼 두 번이나 한 거 알아요?"

"이혼한 것만 보고 나쁘게 판단하면 안 돼. 헤어질 때는 다 나름의 속사정이 있는 거라고."

자기가 이혼했다고 편드는 건가? 어쨌든 내 계획대로 아저씨와 수연은 조용해졌다. 그런데 분위기가 좀 싸한 것 같기도 했다. 먹는 소리가 나지 않아 더 그렇게 느끼는 건지도 모르겠지만 아저씨의 표정도 전과 달리 굳어 있고. 혹시 이혼 이야기에 상처라도 받았나? 아까 둘이 신나게 그 얘기 했으면서 새삼스레 뭘.

나는 시계를 봤다. 이제 3분만 더 참으면 된다. 그 시간을 알뜰하게 쓴 건 할아버지였다.

"암. 내 만두가 딱 고거 아이가. 이리 생기가 별맛 없을 것 같다

107

혀도 묵으면 고 말 안 나온다. 계피가 입에 쏵 퍼신다카이. 묵은 사람들은 다 단발머리 니맹꼬롬 기절 멫 번 한다. 내 특허까지 안 받았나? 그려도 광고 뭐시기 안 한다. 묵으 봐야 알제 말로는 백날 설명해도 모른다. 값도 싸니 먼 말이 더 필요하겠노."

자부심 하나는 끝내 준다. 그리고 할아버지도 이 집 만두처럼 겉모습과는 영 딴판인 것 같았다. 엄청 무뚝뚝하게 생겨서 정신없이 수다를 떨다니. 어쨌든 가격이 싸긴 하다. 한 그릇에 3500원이면.

계산은 아저씨가 했다. 만둣집 앞 골목을 나오자 저만치에 있는 봉고차가 보였다. 우리가 가까이 다가가자 봉고차에서 20대로 보이는 한 남자가 내렸다. 그리고 조수석 문을 열었다.

"교수님, 어젯밤에 어떻게 되신 거예요? 잠깐 어디 들렀다 금방 오신다고 하셨잖아요."

"일이 생겨서. 미안. 여기 이 친구들은 감포항까지 태워 주려고."

남자가 우리에게 가볍게 인사를 했다. 나도 반응은 보여야 할 것 같아서 간단하게 눈인사를 했다. 그러자 남자가 뒷자리 문을 열어 줬다. 아저씨는 앞에, 우리는 뒤에 올라탔다. 자리에 앉자마자 수연이 내 옆에 바짝 붙어서는 내 허벅지를 연신 쳐 댔다. 그러고는 귓속말을 했다.

"으으윽, 어떡해에, 저 오빠가 내가 어제 본 운명의 남자라느능."

내 눈은 저절로 운전석에 앉은 남자에게로 갔다. 그러나 뒤통수밖에 안 보였다.

"가까이서 보니까 더 멋있다능. 어떠능?"

"몰라. 안 보여."

나는 수연을 살짝 밀고 손가락으로 내 귓속을 닦았다. 이도 안 닦은 애가 더럽게 입바람을 어디에 집어넣는 거야. 구린 냄새도 나는 것 같은데.

수연이 금세 휴대폰을 꺼내 사진을 나에게 보여 줬다. 그러고는 남자를 손가락으로 가리켰다. 사진을 보니 사람 옆모습을 찍은 것 같으나 심하게 흔들려 이 사진이 저 남자라고 단정 짓는 건 억지처럼 보였다. 차라리 지금 만난 저 남자한테 반했다고 솔직하게 말하지. 어제 운명에 대해 열변을 토한 터라 민망은 하겠지만 원래 나는 그 말을 믿지도 않았고 신경도 쓰지 않았으니까. 나는 창밖으로 눈을 돌렸다.

어느새 우리는 시골길로 들어와 있었다. 사람들은 보이지 않았다. 차 안에서 바라본 논, 나무, 산, 하늘의 풍경은 너무도 평화로워 보였다. 찬바람이나 시끄러운 공사 소음에 괴롭힘도 당하지 않고 하늘에서 내려 주는 따뜻한 빛을 받고 있는 것처럼 보였기 때문이다. 반짝거리는 빛이 내가 있는 창으로 들어왔다 나갔다. 엄마 일만 아니면 잠깐 차에서 내려 빛을 쐬고 싶었다.

때마침 차가 신호에 걸려 멈춰 섰다. 아, 따뜻해.

"오빠! 여기서 감포항까지 얼마나 가야 하능?"

언제 봤다고 오빠래?

남자가 수연의 말에 뒤를 돌았다. 외모는 나쁘지 않았다. 하얀 피부에 또렷한 이목구비. 살짝 웨이브 들어간 커트 머리. 아까 대충 본 옷 스타일도 공부만 팠을 것 같은 의대생치고는 나쁘지 않은 편이었다. 이 말을 수연에게 할 생각은 없다.

"이제 20분 정도면 도착해요 그런데 말투가 귀엽네요."

"진짜능? 말 편하게 하세능."

수연의 시선은 남자에게 고정돼 있었다. 눈도 깜빡이지 않았다. 넌 그 말이 칭찬인 거 같아? 철없다는 말을 돌려서 한 거지. 그래도 셋은 수연이 능능대는 걸로 가식적인 웃음을 서로 나열했다. 하하, 호호. 나도 안다. 어색함을 풀기 위한 노력이라는 걸. 어디에서 왔어요, 몇 살이에요 등의 기계적인 질문들까지. 이제 감포항만 가면 다시 볼 일 없는 사람들인데 지금 그딴 게 왜 필요해.

"제가 원래 말을 잘 못 놔서요. 그런데 경주는 어떻게 오게 됐어요?"

무슨 상관. 나는 수연을 째려봤다. 입조심하라는 경고다. 그러나 수연은 나를 보지 않았다.

"운명적인 사랑을 하려고…… 제가 기차역에서 운명의 남자랑 아쉽게도 인사도 못 하고 헤어져서능. 왠지 경주에 오면 다시 볼 수 있을 것 같은 느낌이 들고…… 그런데 막상 만나는 게 걱정도 되능. 저 같은 얼굴을 좋아하는지도 모르겠고……."

저 남자가 정말 운명의 남자라면 수연은 여우다. 어쨌든 수연의 얼굴은 붉게 달아올라 있었다.

"무슨 외모 걱정을 해요? 내가 보기에는 너무 귀엽게 생겼는데. 안 그래요, 교수님?"

"그럼. 수연이 정도면 감지덕지지."

수연이 나를 보고 눈짓을 하며 웃어 보였다. 크크크 소리를 내며 웃는 이 모습이 귀엽다고? 저 남자가 수연의 고백을 받고도 똑같은 말이 나올까? 나는 나도 모르게 입꼬리 한쪽이 올라갔다. 수연의 본판은 밀어 둔다고 해도 지금의 상태는 전혀 답이 없다. 여기저기 찢어져 누더기 같은 옷, 새벽에 먹은 국밥 덕에 퉁퉁 부은 얼굴, 꼬질꼬질한 얼굴. 말로 표현하는 것조차 더럽게 느껴질 정도다.

수연은 귀엽다는 말에 자신감이라도 생겼는지 얼굴을 앞좌석 가까이에 갖다 댔다.

"참, 아저씨 우리 헤어지기 전에 경주에서 만난 첫사랑 얘기해 주세능."

"교수님, 혹시 어제 경주에서 볼일 있다는 게 첫사랑 만나시려는 거였어요?"

"그건 아니고."

웬일로 수연은 아저씨의 말을 거들지 않고 얼굴을 뒤로 뺐다. 하긴 경찰서에서 잤다는 말을 남자에게 하기 싫겠지. 추접스러워 보일 테니까.

"오드리, 너는 수연이처럼 사랑하고 싶지 않아?"

111

아저씨는 갑자기 이야기의 화살 방향을 내 쪽으로 돌렸다. 그다음으로 남자가 당긴 첫 화살은 당연히 내 이름이 본명이 맞느냐, 부모님이 어떤 의미에서 지어 줬냐는 거였다. 나는 익숙하게 그 질문을 방패로 막아 버렸다. 몰라요. 물어보지 않았어요. 다음 화살은 수연이었다.

"아저씨 질문에 빨리 답하라능."

끈질긴 년. 아저씨까지 고개를 뒤로 돌렸다.

"나도 오드리가 말 안 해 주니까 더 궁금하긴 하다. 어떤 스타일을 좋아해? 수연이처럼 운명적인 남자를 기다리나?"

"저는 그런 거 안 믿어요."

"나도 한때는 그 말을 안 믿었었는데 정말 운명적인 사랑이 있더라고. 오래전에 헤어졌는데도 여전히 내 안에 있는 한 사람을 보고 믿게 됐지. 흐릿해지지도 않고 오히려 더 또렷해지는 사람. 그 사람의 손을 놓지 말았어야 했는데 후회가 되는, 그때는 그게 모두가 행복해지는 길이라고 생각했는데."

끝까지 듣느라 애먹었다.

"아, 진짜 구리다. 사랑하는데 왜 헤어져요? 그건 자기 이별을 합리화한 것밖에는 안 돼요. 내 욕심에 누군가를 차더라도 자기는 절대로 추호도 나쁜 인간으로 보이고 싶지 않다는 거 아니겠어요. 물론 여기서 제일 등신은 사랑을 믿은 사람이겠지만."

남자가 어색하게 헛기침을 했다.

"제 생각에 사랑은요, 타인이 절대로 평가할 수 없는 거예요. 당사자가 아니면 한마디로 정의 내릴 수 없는 거라고요. 왜냐하면 사랑이라는 극의 진정한 배우와 관객은 오로지 사랑을 하고 있는 당사자들뿐이거든요. 사랑은 가장 은밀하고."

"됐네. 그래, 오드리 말이 맞아. 나는 그때 그 여자가 도망갔었어도 찾으려면 얼마든지 찾을 수 있었을 거야. 사랑이 처음이어서 서툴렀고 그래서 상대보다는 이기적이게 나를 먼저 더 생각했던 것 같아. 욕 들어도 싸지, 뭐."

갑작스런 고백에 나는 한발 물러섰다. 그렇다고 자책까지 할 건 뭐야. 찰칵! 수연이었다. 앞에 앉은 두 사람의 모습을 찍은 것이다. 그러고는 몸을 운전석 쪽으로 빼고 그들에게 사진을 보여 줬다.

"저 이거 인스타에 올려도 되능?"

"그럼. 글은 뭐라고 적을 거야?"

"우린 모두 사랑에 서툴러요. 사랑을 많이 해 본 사람도 사랑을 안 해 본 사람도. 그러니까 어? 뭐능?"

"왜?"

"배터리 없어서 꺼졌다능!"

어느새 항구가 보이기 시작했다.

봉고차는 어느 가게 앞에 섰다. 의료 봉사원들 아침을 맡긴 식당이란다. 남자가 내린 뒤 우리도 모두 뒤따라 내렸다. 차 소리를 들었는지 식당 아줌마가 밖으로 나왔다.

"의료봉사 팀 선짓국 찾으러 온 거지? 잠깐 들어와."

나는 다른 데로 가려다 말았다. 주위 가게들이 아직 문을 열지 않았기에 돌아다니면서 엄마를 찾을 수 없을 것 같아서다. 일단 여기 아줌마한테 물어봐야지.

아줌마는 식당 중앙에 있는 테이블에 우리를 앉혔다.

"밥 조금만 뜸 들이면 돼. 국은 국물 안 새게 주둥이만 잘 묶으면 되고. 좀만 기다려."

"괜찮습니다. 우리가 일찍 도착한 거잖아요. 천천히 하세요."

아줌마는 정신없이 주방으로 들어갔다. 수연은 수줍음에서 적극적인 콘셉트로 바꿨는지 남자 옆에 딱 붙어 앉았다.

"매너 완전 좋다능. 오빠는 이름이 뭐능요?"

"김도민요."

나는 의도치 않게 아저씨와 나란히 앉게 됐다. 그냥 있는 듯 없는 듯 무시하면 되는데 이상하게 불편했다. 아줌마가 빨리 음식을 줘야 갈 텐데. 수연의 수다가 간절히 필요하게 느껴지다니. 그런데 쟤는 도민과 뭘 저렇게 소곤대는 거야?

자리에서 일어나려는데 아줌마가 종이컵에 커피를 타 왔다.

"이것 좀 따끈하게 마셔들. 바닷가라 춥지?"

가까이서 본 아줌마는 완전무장 상태였다. 요란한 색의 찐빵 모자에, 보라색 스카프를 칭칭 감고 누빔 바지를 입어 원래보다 체형이 더 커 보이는 것 같았다.

"예전에 저 여기 와서 밥도 먹고 그랬는데."

이 아저씨 아줌마한테도 관심 있나? 웬 눈웃음 발사까지.

"그랬어요? 낯이 있는 것도 같고. 호호호."

"요즘은 총알커피 없어요?"

삐익- 칫칫칙칙-

압력 밥솥에서 소리가 나기 시작했다. 아줌마는 말을 하면서 주방 쪽으로 걸어갔다.

"고거 아는 걸 보니까 아주 옛날에 왔었구만. 이제는 없지. 수옥이 감포 뜨고 누가 잠깐 했는데 금방 사라졌어. 수옥이 년이 커피는 잘 탔는데."

톡.

나는 컵을 바닥에 떨어뜨렸다. 그러면서 커피가 손에 흘렀다. 그러나 전혀 뜨겁지 않았다. 오히려 수연이 놀라 행주로 내 손을 닦았다. 그때 나는 한 가지 생각뿐이었다.

분명 수옥이라고 했어. 그럼 이제, 어쩌면……

자리에서 벌떡 일어난 나는 망설임 없이 주방으로 들어갔다. 아줌마가 눈을 동그랗게 뜨고 나를 바라봤다.

"어찌? 뭐 줘?"

"수옥이라는 사람이 혹시 차수옥이에요?"

아줌마가 놀라 주걱을 떨어뜨렸다. 나는 한 걸음 더 다가갔다.

"우리 엄마 알죠?"

"그럼 네가, 오, 오드리니?"

나는 고개를 끄덕였다. 우리는 그대로 멈춰 서 있었다. 작은 주방은 큰 압력 밥솥 두 개에서 나오는 김으로 점점 뿌예지고 있었다. 내 시야가 서서히 가려질 정도로.

6 _ 송대말 등대

아줌마는 자욱했던 뽀얀 김 사이로 내 얼굴을 보기 위해 손사래를 쳤다.

"가만 보니 수옥이 년이랑 똑 닮았네."

드디어 찾았다.

아줌마는 나에게 잠깐만 기다리라고 했다. 그러고는 허겁지겁 압력 밥솥에 있는 밥을 비닐로 씌어 둔 스티로폼 박스에 옮겨 담았다. 14인분이란다. 기다리고 있는 내가 심심할 거라고 생각했는지 아니면 나와 좁은 주방에 있는 게 어색했는지 서로 몇십 년은 알고 지낸 말투로 자신이 하는 행동을 하나하나 설명해 줬다. 나는 네, 라는 짧은 대답도, 간단한 끄덕임도 하지 않았다.

어느새 음식 포장을 다 한 아줌마가 주방 밖을 향해 큰 소리로 말했다.

"어이, 학생. 다 됐어."

도민이 주방으로 들어와 아줌마와 함께 포장된 음식을 차로 옮겼다.

나는 한 발자국도 떼지 않고 그대로 서 있었다. 움직일 수가 없었다. 이제 엄마를 만나게 될 텐데 도대체 나를 버리고 도망간 엄마에게 무슨 말을 해야 할지를 생각하는 것만으로도 머리와 몸이 점점 무거워졌기 때문이다. 하긴 여기서 굳이 어떤 말이 필요한 건 아닐지도 모르겠다. 아무 말도 없이 떠난 사람이니까.

차가 떠나는 소리가 들리고 바로 아줌마가 주방으로 들어왔다. 길게 한숨을 쉬고는 나를 주방 한편에 있는 작은 방으로 데려갔다. 방은 성인 한 명이 누우면 딱 맞는 크기였다. 살림살이도 단출했다. 작은 옷장, 서랍장, 텔레비전, 벽걸이에 걸린 누빔 점퍼 몇 개와 색색깔의 스카프.

아줌마가 바닥에 깔아 둔 이불을 걷으며 안쪽으로 들어와 앉으라고 했다. 나는 그냥 문 앞에 앉았다. 아줌마는 자리에 앉아 외투를 벗고는 신기하다면서 계속 내 얼굴을 손으로 쓸었다. 나는 부담스러워 고개를 반대로 돌렸다. 그러나 멈출 기세가 아니었다. 할 수 없이 나는 아줌마의 손을 잡고 말을 끊었다.

"아줌마."

어? 그런데 있어야 할 게 없다. 턱과 엉덩이에 검은콩처럼 생긴 점이 하나씩 있다고 했는데. 그래서 쩜순이 아줌마라고 불린다고 했는데. 나는 느슨하게 감긴 아줌마의 스카프를 완전히 풀어 봤다.

"턱에 점이 없네요?"

"네 엄마가 내 점 얘기했나 보지? 봐 봐. 티 하나도 안 나지. 작년에 저 아래 피부과가 새로 생겨서 빼 버렸잖니. 하하. 이제 엉덩이도 빼야지. 요놈은 하고 나면 앉는 게 불편할 것 같아서 미뤘거든. 호호."

내가 보기에 아줌마는 50대 후반으로 보였다. 그런데 성형에 관심을 갖다니. 엄마랑 친했던 사이가 맞는 것 같았다.

"아까 그 의사들하고 봉사활동 온 거야? 엄마도 같이 오지."

"엄마 여기 없어요?"

"네 엄마가? 여기 뜨고 그동안 코빼기도 안 비췄어. 나한테 전화 딱 한 번 한 게 다다. 지랑 나랑 어떻게 지냈는데. 하여튼 독한 년이라니까. 그때도 말 한마디 없이 야반도주하듯 뜨고."

제 버릇 개 못 준다고 여기서도 곗돈을 가지고 튀었나? 그러니까 서울에서도 그렇게 완벽하게 사기를 친 거겠지. 17년을 같이 산 나한테까지. 이렇게 넋 놓고 있다가는 감포항에 있는 엄마 빚까지 내가 다 떠맡을지도 모른다.

내가 일어나려는 찰라 아줌마가 이상한 말을 했다.

"니 키우겠다고 여기 뜨더니 잘 키웠네. 우리 오드리 참 예쁘다. 기쁜데 왜 주책맞이 눈물이 나오는지."

무슨 말이야? 날 키우겠다고? 그럼 야반도주를 한 게 나 때문이라는 거야?

아줌마는 땅이 꺼질 듯 한숨을 쉬었다.

"너 밴 줄 알았으면 맛있는 거라도 푸지게 해 먹여 보냈을 텐데. 에고, 딸년 이렇게 키운 거 보니 그래도 우리 수옥이 장하다."

혹시…….

나는 5학년 때 엄마의 머뭇거림이 이내 어제의 일처럼 생생하게 다시 마음에 걸리기 시작했다.

혼자서 쉴 새 없이 떠드는 아줌마에게 나는 어떤 대꾸를 해 주기보다 내가 의심하고 있던 것들이 진실인지 확인하고 싶어졌다.

"엄마, 커피 배달했어요?"

"그것도 들었어? 네 엄마 별명이 총알커피였다. 감포읍서 커피 하면 차수옥이었지. 맛있게 빨리 타지, 빨리 배달하지. 몸이 어찌나 빠르고 부지런한지. 또 얼마나 참하고 순진했는지 감포 남자들 다 수옥이 좋아했을 거다."

'역시나'였다.

커피 팔면서 몸도 함부로 굴렸겠지. 애를 뱄다는 이유로 고향까지 떠나야 했다면 상대는 당연히 유부남일 테고. 그 사실을 동네 사람들에게 들키기라도 하면 핍박받는 건 물론 간통죄로 감옥까지 갈 수 있으니까. 차마 나를 죽이지는 못했겠지. 벌레도 못 죽이는 사람이니까.

그런데 아줌마는 내 아빠가 누군지도 알고 있을까? 아니다. 나는 별로 궁금하지 않다. 그동안 애써 짓누르고 모른 척했는데 지금에 와서 왜. 누구에게도 인정받지 못하는 피를 받았다는 사실을 일부러 드러내고 싶지도 않다. 나한테조차도 말이다.

내가 밖으로 나가려는 찰나 갑자기 아줌마가 손뼉을 치며 일어났다. 그러고는 점퍼도 안 입고 방을 나갔다.

"너 보여 줄 거 있다. 빨리 나와 봐라."

아줌마는 계산대 옆에 있는 녹슨 손수레를 밀고 있었다. 번데기를 파는 노점상들이 쓰는 작은 손수레만 한 거였다. 그 위에는 믹스커피, 종이컵, 이쑤시개, 전단지 등이 두서없이 놓여 있었다. 그냥 잡동사니를 올려 두는 곳 같았다. 이게 어쨌다고? 왜 아줌마는 나를 보며 뿌듯한 표정을 짓고 있는 거지?

"이게 뭔 줄 알아? 네 엄마가 예전에 커피 장사할 때 쓰던 거다. 총알커피 있어요, 총알커피요, 하면서. 안 버리길 잘했지. 이걸 보여 주는 날이 오네. 그것도 우리 오드리한테."

마치 아줌마는 찹쌀떡 장사꾼처럼 '총알커피'를 외쳤다. 어딘가에 있던 수연이 피식 웃음을 터뜨렸다. 분위기를 파악했는지 손으로 입을 막고 웃음을 참고 있는 게 언뜻 보였다. 하지만 나는 지금 어떤 표정을 지어야 하는지 갈피를 잡을 수가 없었다. 그러나 분명 나를 제외한 둘은 신나 보였다. 아줌마는 추억을 끄집어내느라, 수연은 그런 아줌마를 보느라.

나는 신경질적으로 소리를 질렀다.

"그만하세요. 전 엄마가 어떻게 살았는지 궁금하지 않아요."

엄마가 커피 장사나 하고 돌아다니던 헤픈 여자였다고 수연한테
도 광고하고 싶지 않았다. 그나마 내 소리침이 효과는 있었다. 둘
은 동시에 입을 다물었다. 하지만 곧 나의 착각이었다는 것을 깨달
았다. 아줌마는 '참말로 서운케 그럼 못 쓴다.'로 말을 시작했다. 나
는 그대로 서 있었다. 아줌마는 계산대 앞에 있던 의자에 앉았다.
수연은 어떻게 하고 있는지 모르겠다. 아줌마의 말을 듣는 동안은
누구도 신경 쓸 겨를이 없었기 때문이다.

"네 엄마가 네 할아버지까지 죽고 얼마나 마음고생을 했는데."

할아버지? 엄마에게 내 아빠의 존재만큼 들어 보지 못했던 사람
이다. 물론 할머니도. 엄마에게 가족이 있었을 거라고 한 번도 생
각해 본 적이 없었다.

할머니는 엄마를 낳다가 돌아가셨다. 할아버지는 제 엄마를 잡
아먹은 년이라고 엄마를 미워했다. 엄마는 자기가 욕을 먹는 게 맞
다고 생각했다. 사실이니까. 또 엄마는 자신의 마지막 가족인 할아
버지에게 투정을 부리거나 억울함을 호소할 여유가 없었다. 무슨
일이 있어도 자신의 옆에 오래 둬야 했기 때문이다.

그러나 엄마의 노력은 물거품이 됐다. 열다섯 살. 내가 산 시간
보다 짧다. 그해 겨울 새벽 밤바다에 할아버지를 뺏기고 만 것이
다. 그래도 다행인 건(이건 아줌마의 개인적 표현이다) 할아버지의

시신을 찾았다고 한다. 그리고 할머니가 있는 송대말 등대 앞바다에 할아버지를 뿌렸단다.

그때 아줌마가 엄마를 처음 만났다고 했다.

아줌마는 지금도 그때 일만 생각하면 아찔하고 가슴이 터진다고 했다. 자신이 감포항에 식당을 차린 지 얼마 지나지 않아 생긴 일이니까 독하게 신고식을 한 셈이라면서. 아줌마는 홀로 남은 엄마에게 신경이 쓰였다고 한다. 이 사고로 심한 부상을 입은 사람은 있어도 목숨까지 잃은 사람은 할아버지 한 명이었다고 하니 더욱 그랬을 거다.

좀 인나라, 좀 먹어라, 좀 나와라, 좀 말해라…….

그중에 엄마가 하는 거라고는 아줌마가 입에 꾸역꾸역 넣어 준 흰죽을 억지로 삼키는 것뿐이었다고.

그렇게 일 년이 흘렀고 조금씩 엄마의 눈물이 말라 갔단다. 아마도 그에 따라 몸도, 웃음도, 희망도, 삶의 목적도 모두 말라 비틀어져 간 것 같다. 중학교도 겨우 졸업했다는 걸 보면 말이다.

갑자기 아줌마가 말을 멈췄다. 그러고는 생각에 잠긴 표정을 지으며 주먹 쥔 손으로 가슴을 툭툭 가볍게 때렸다.

"불쌍한 년. 그래도 일 년 넘으니까 송대말 쪽에도 가고 식당 와서 밥도 먹고 그러더라. 그런데 무슨 사연 많은 표정을 지으며 넋을 놓기 일쑤야."

나는 불현듯 엄마의 표정을 떠올렸다. 상대가 부담스러워할 정도로 밝고 사소한 말에도 과하게 반응하는 평소와 달리 정말 말 그대로 느닷없이, 누구도 말을 붙이기 힘들 정도로 깊은 생각의 골에 빠진 적이 한두 번이 아니었다. 몇 번 물었지만 대답은 없었다. 이제 아줌마의 말로 엄마의 행동 중 몇 개는 해명이 된 건가.

"그래서 내 비장의 무기를 보여 줬지. 내 엉덩이에 있는 검은콩 점. 고걸 보고 자지러지더니 그때부터 생기가 돌더라고. 진작 보여 줄 것을."

나도 안다. 나는 엄마에게 이유만 따져 물어 왔다는 것을. 아줌마처럼 엄마의 기분을 헤아리고 풀어 줄 생각 따위는 하지 못했다는 것을. 그런데 생각을 했다면 나라는 애가 행동으로 옮겼을까?

뒤에 있던 수연이 헐떡이기 시작했다. 내가 뒤돌아보니 봉인 해제된 것마냥 숨도 안 쉬고 웃어 댔다.

"하하하, 말도 안 돼. 아줌마 죄송해요. 정말 똥꼬 쪽에 검은콩이 있어요오? 푸풋. 하하하."

"왜 너도 보여 주랴?"

"김수연, 빠져 줄래? 나가 줘."

진작 이렇게 말할걸.

"오드리, 미안한데 밖이 너무 추워서 얼어 죽을 거라능. 나 조용히 주방 안쪽 방에 있을게능."

수연은 주방으로 몸을 옮겼다. 그전에 주방에 들어가 본 적도 없으면서 그 안쪽 방을 자연스럽게 말하다니. 나는 나중에서야 수연이 방에서 나누던 나와 아줌마의 대화도 엿들었다는 것을 알았다.

아줌마는 계속해서 엄마에게 잘하라는 말만 되풀이했다.

사실 엄마를 이해하자고 마음먹은 적이 한 번도 없었다면 거짓말일 것이다. 하지만 불쑥 든 생각을 구체적으로 확장시킬 수는 없었다. 엄마와 나 사이에는 너무도 복잡한 퍼즐 조각들이 계속해서 쌓이고 있었기 때문이다. 도저히 맞출 엄두조차 내지 못하도록 조각들은 크기가 제각각이었으며, 그림이 선명하지도 않았다.

그런데 오늘은 왠지 마음만 먹으면 완성할 수 있을 것 같은 느낌이 든다. 하지만 조각을 드는 내 손이 머뭇거려졌다. 아직 열 개도 퍼즐 판에 올려놓지 못했으면서도 본능적으로 마지막에 끼우게 될 조각이 무엇인지 알 것만 같아서다. 마지막을 모르면 설레지만 알게 되면 두려운 법이니까. 그래서 나는 다른 말이 툭 튀어나왔다.

"엄마, 왜 하게 됐는데요?"

이럴 바에는 아무것도 묻지 않고 여기를 벗어나는 게 나을 뻔했는데.

"커피 장사? 한동안은 여기에서 날 도왔지. 그런데 나도 벌이가 넉넉하지 않으니 월급이라고 딱 줄 수가 있어야지. 그런데 어느 날 동네에 저 작은 수레가 굴러다니는 거야. 평소 네 엄마가 식당 손님들한테 커피 맛있게 탔거든. 그래서 내가 장사해 보라고 했지. 선원들하고 시장 사람들한테 천 원씩 해서 꽤 팔았어."

"엄마 전화는 언제 왔었는데요?"

궁금하지 않은 질문. 여기서 그만두자. 지금에서 부언가를 안다고 해 달라질 것은 없다. 그래, 좋다. 엄마가 내 생각과 달리 다방에서는 일하지 않았다고 하자. 더 정확히 말하자면, 안 했다. 그렇다고 내가 자식을 버린 엄마를 가지고 있다는 것과 내가 떳떳하지 못하게 태어났다는 사실이 달라질까?

"그 전화 할 때 네가 두 살이라고 했던가? 그때 무슨 병에 걸렸다고 했는데 까먹었다. 아무튼 갑자기 네가 고열에 경기를 일으켜서 병원에 이틀 입원했었대."

내가 병원에? 나는 여태 감기도 걸린 적이 없었는데.

"그때 네 간호 하면서 놀랐는지 목이 다 쉬었더라. 네 아플 때는 정신이 없어 감감무소식이었다가 너 다 나으니까 그제야 긴장이 풀려 나한테 전화했더라고. 속상하고 미안하고 무서웠다고. 네 아빠가 의사인데 더 빨리."

"잠깐요. 아빠요?"

다른 사람 입에서 오랜만에 듣는다. '네 아빠.' 퍼즐의 마지막 조각. 그러나 나는 마지막 퍼즐 조각이 있다는 사실만 알고 끝내야 했다. 아빠가 의사라는 것이 아줌마가 엄마에게 들은 정보의 전부라서. 숨을 헐떡이며 우는 엄마에게 아줌마는 당장 감포로 오라고 소리쳤지만 엄마는 울음도 채 멈추지 못하고 전화를 끊었으며 그 뒤로는 단 한 번도 연락을 안 했다고 한다.

독한 사람이다. 친한 언니에게조차 처녀인 자신에게 아이까지

배게 한 남자를 어디서 어떻게 만났는지도 설명하지 않았다니. 나에게조차 자신의 이야기를 한 번도 하지 않은 이유는 무엇일까? 점집에서는 자신의 과거에서 미래까지 다 드러냈을 거면서. 수없이 갔던 만큼 셀 수 없이 자신의 일들과 감정들을 표현했을 거면서. 적어도 나는 차수옥이라는 사람의 딸인데 왜 나한테…….

엄마는 도대체 무슨 생각을 하며 사는 사람일까?

이상하다. 아빠라는 존재에 대한 힌트가 나오니 이미 많이 알고 있다고 여긴 엄마라는 존재가 흐릿해지기 시작했다. 나는 내 옆에 있던 의자에 털썩 앉았다. 이제는 엄마가 누구인지도 잘 모르겠다. 마치 나에게 엄마와 아빠는 이상한 저울에 담긴 존재처럼 느껴졌다. 어느 한쪽의 양이 많아지면 다른 한쪽의 양이 줄어드는. 그래서 엄마를 알게 되면 아빠를 모르게 되고, 아빠를 알게 되면 엄마를 모르게 되는.

평소처럼 소리치며 따지고 싶은데 아무 말도 할 수가 없었다. 소름이 돋을 만큼 내 기분은 알 수 없이 아래로 가라앉고 있었다. 도저히 내 감정을 설명할 수가 없었다. 아빠가 의사였다는 게 그렇게 놀랄 일일까. 아니면…….

나는 나지막하게 소리를 냈다.

엄. 마. 엄마라고.

오드리, 어쩌려는 거야? 엄마의 과거 좀 들었다고 해서 엄마를 불쌍하게 생각하려고? 참 힘들게 살았네요. 그러니까 지금까지 나에게 한 모든 잘못을 용서할게요. 이렇게 말이라도 해 주려고? 지금 와서 달라질 건 아무것도 없다. 나는 아줌마들한테 엄마만 넘기면 된다. 그러면 되는 거야. 나는 주문을 걸듯 어지럽혀진 내 마음을 정리하려 애썼다.

쨍그랑!

고개를 돌려보니 주방 입구에 수연이 서 있었다.

"배터리 없어서 충전하려고 콘센트 찾다가 주방에서 여기까지 오게…… 뭐, 지금 나온 거니까 신경 쓰지 말고, 아, 컵은 제가 변상을."

수연이 내 옆에 와 섰다.

"내가 더 피해 줘야 하면."

"됐어. 아줌마 여기 경주역으로 가는 버스 몇 시에 있어요?"

"정시마다."

시계를 보니 1시 5분이었다.

"서울 가게? 어차피 한 시간은 기다려야 하니까 여기서 점심 먹고 엄마가 살았던 동네도 가 보고 할아버지, 할머니한테 인사도 하고 가."

"됐어요."

그대로 식당을 나서려는데 아줌마가 내 손을 꽉 붙잡았다. 일을 많이 해 거칠기는 했지만 순간 땀이 찰 정도로 뜨거웠다. 그리고 눈가는 눈물로 젖어 있었다.

"너 이리 보내면 내 속상해서 안 된다. 가슴 미어진다."

내가 다시 의자에 앉은 건 마음이 흔들려서가 아니야. 버스가 오려면 아직 한 시간이 남았고 점심은 먹어야 하니까.

아줌마는 복매운탕, 소라찜, 계란말이, 생선구이 등으로 테이블을 가득 채웠다. 아줌마가 옆에 앉아 내 밥그릇에 가자미를 올리며 이건 어디서 잡았고 어떻게 요리했다는 설명까지 덧붙였다. 나는 한 숟가락을 떠 억지로 입에 넣었다. 하지만 씹을 수가 없었다.

나한테 그 정도의 말은 해 줄 수 있는 거 아니야? 내 아빠는 그렇다 쳐도 엄마 고향이 감포였다는 건. 그런 사소한 말도 하지 않는 엄마를 내가 어떻게 이해하느냐고.

나는 자리에서 일어났다. 그리고 식당을 나왔다. 답답해 미칠 것만 같았다. 어디서부터 어떻게 해야 하는지. 내가 벽에 기대 토하듯 숨을 쉬고 있자 어느새 뒤따라온 수연이 내 등을 두드렸다.

그리고 내 거친 숨이 진정될 즈음 수연이 나를 부축하려 들었다. 나는 수연의 손을 뿌리쳤다. 그리고 이정표를 따라 버스 정류장으로 향했다. 나는 차로 옆에 난 도로를 걷고 있기에 그런 줄 알았다. 얕은 언덕길을 오르고 정신을 차리니 소나무길 앞에 서 있었다. 내가 왜 여기에 있는 거지. 조금만 더 앞으로 걸어가면 바다다. 막다른 길에 버스 정류장이 나올 리 없다. 분명 '버스 정류장' 이정표를 보고 온 건데.

수연이 내 오른팔을 살짝 흔들었다. 주위를 둘러보니 팻말 하나가 보였다.

송대말 입구

송대말. 엄마의 아빠, 엄마가 있다는 데. 엄마가 나한테 감췄는데 왜 내가?

수연은 감탄을 연발하며 앞서 걸어갔다. 바람이 터프하다능, 파도가 화끈하다능, 경주에 이런 바다가 있는 줄 몰랐다능 등. 아까 식당에서 잠깐 잠잠한 것 같더니 또 능능대기 시작했다. 시끄러.

수연이 가던 길을 다시 되돌아와 내 앞에 섰다. 그리고 내 등을 억지로 밀어 바다 가까이로 데려갔다. 나는 선뜻 바다를 볼 수가 없었다.

"할아버지, 할머니한테 인사 안 하능."

"누구한테?"

수연이 제 입을 두 손으로 가렸다. 나쁜 년. 방에 콕 박혀 있을 네가 아니지. 엿듣기 전문이니까.

"넌 그렇게 생각이 없니? 어떻게 된 게 다 네 멋대로야."

나는 수연을 노려봤다. 수연은 처진 눈을 더 아래로 끌어내렸다.

"몰래 들은 건 미안. 하지만 그런 빅뉴스에 귀 막고 있을 사람이 몇이나 되겠능. 걱정은 마능. 나 입 무겁다능."

"식당에서뿐만이 아니라고. 경찰서에서도 내가 네 뒤치다꺼리를 얼마나 했는지 알아?"

"경찰서는 너 때문에 갔다능. 그렇다고 원망하는 건 아니다능. 나에게는 특별한 경험이었으니까능."

"아. 그 능 좀 그만해!"

나는 있는 힘껏 소리를 질렀다.

"'능'은 내 인생의 2막이 능에서부터 시작됐다는 기념으로 하는 거능."

"그딴 소리 듣고 싶지 않아. 맘대로 나 쫓아와서 왜 괴롭혀? 일주일 안에 엄마 찾아 주겠다고 했으면 잠자코 있지 왜 사람을 들쑤시느냐고."

"기차역에서 나는."

"기차푯값? 서울 가서 줄게. 그러니까 당장 내 앞에서 꺼져. 꺼지라고. 인사를 하라는 둥 건방진 소리 지껄이지 말고."

"내가 그렇게 잘못 말한 거능? 너도 한 번도 본 적 없는 할아버지하고 할머니를 이제라도, 이렇게라도 만나게 됐으니까 반가워해야 하는 거 아니능. 처음 엄마 고향에 온 건데 가슴 벅차고, 물론 몰랐던 아빠에 대해 듣게 된 건 혼란스……."

"닥쳐. 한마디만 더 하면 너 죽여 버릴 거야."

네가 나처럼 믿었던 엄마한테 뒤통수 맞아 봤어?

나는 엄마를 믿었다. 아빠를 궁금해하고 그리워한 적도 있었지만 절실히 아빠의 존재가 필요하지는 않았다. 원래 없었기에 빈자리에 대한 공허함을 느끼지 못한 건지도 모르겠지만. 하여튼 나에게는 엄마로도 충분했다. 여기에는 복합적인 의미가 있다.

엄마는 늘 딸인 나에게 엄마 노릇을 하게 만들었다. 늘 실수투성이라 엄마를 사람들이 우습게 볼까 봐 나는 늘 노심초사였고 잔소리를 나열하느라 바빴다. 그렇다고 내 말을 점쟁이 말보다 잘 듣지는 않았지만.

그리고 나에게 엄마가 유일한 가족이듯 나 역시 그랬기에 서로에 대한 마음을 의심할 틈도 없었다. 때문에 나는 엄마에게 모질게 말과 행동을 하고도 사과 한 번을 하지 않은 것이다. 아니, 할 생각도 하지 못했다. 서로를 향한 마음을 숫자로 정확히 표현할 수는 없지만 입으로 말하기도 벅찬 크기의 숫자일 거라는 건 지레짐작하고 있어서였다. 물론 지금은 나에게 모든 것을 숨긴 엄마만이 존재하지만.

수연이 난데없이 나무 막대기를 주워 와 내 앞에 섰다.

"네가 죽인다고 하니까능."

가만 보니 선 자세가 좀 이상하다. 한쪽 발을 지지대처럼 뒤로 빼고 양손으로 잡은 막대기를 앞으로 쭉 밀고 있었다. 어설프지만 방어 태세 같았다. 구제 불능.

"한마디만 하겠다능. 아니지. 능도 뺄게."

무슨 대단한 말을 하려고 뜸을 들이는 거야. 나는 그사이 수연의 말을 가로챘다.

"너한테 어떤 말도 듣고 싶지 않아. 나 지금 불쾌하거든. 네가 나에 대해 알게 된 것도 엄마와 내 일에 끼어들려는 것도. 좋아, 들은 건 어쩔 수 없다고 하자. 너 입 무겁다며. 그러니까 계속 입 좀 닥쳐 줘."

"너 나한테 쪽팔린 거니?"

"그래, 쪽팔려. 당연한 거 아니야?"

"왜 나한테?"

"뭐? 네가 내 치부인 엄마에 대해 다 알게 됐으니까. 이런 것도 설명해 줘야 해?"

"아니, 순서가 이상해서. 지금 너는 엄마한테 쪽팔려야 하는 거 아니니? 그동안 무관심한 딸로 지낸 거에 대해서 말이야. 어떻게 엄마 고향도 몰라? 나는 정말 그런 가족들 보면 화가 나. 가족이면서 남보다 서로에게 관심도 없고. 물론 우리 부모님이 그런 거에는 최고지만. 하여튼 너도 엄마한테."

수연이 한마디만 더 하면 따질 참이었는데. 순간 목구멍에 무언가가 턱하고 막힌 것만 같았다. 너무 답답해 나는 앞으로 뛰듯 걸어갔다. 그러자 수연이 소리쳤다.

"왜 이래?"

나는 수연은 아랑곳하지 않고 소나무 길 끝까지 걸어갔다. 그리고 갯바위들 앞에 섰다.

"화가 나."

"너 혹시 내 말 때문에 이상한 짓 하려는 건 아니지?"

수연이 옆으로 와 내 팔을 붙잡았다. 나는 있는 힘껏 바다를 향해 고함을 질렀다.

아악-.

그러고는 몸에 힘이 빠진 것처럼 바닥에 털썩 주저앉았다.

"나는 매일 엄마한테 화만 냈어. 그래, 알아. 한 가지 이유를 숨기려고 매번 화낼 이유들을 만들었다는 거. 엄마는 대체 어떻게 살았기에 처녀인 몸으로 나를 가졌는지. 엄마도 말 안 했지만 나도 묻고 싶지 않았어. 내가 너무 구려질 것 같아서."

나는 지금 처음으로 나에게 화를 내고 있었다.

엄마와 나 사이의 믿음을 먼저 저버리는 것은 어쩌면 나였는지도 모른다. 언제나 나는 엄마를 의심했고 엄마에게 못 미더운 눈빛을 보냈다. 그런 내 옆에서 17년이면 오래 버틴 건지도. 아무런 결론도 없이 내 독백처럼 이루어진 고백성사는 마무리 지어졌다. 하긴 내가 할 수 있는 게 없지 않은가. 엄마가 어디에 있는지도 모르는데. 나 이제 정말 엄마를 못 찾겠어. 몰랐던 엄마의 과거도 알게 됐는데 더 헷갈려. 차수옥이라는 엄마가, 사람이, 여자가…….

일단 서울로 가는 수밖에.

우리는 송대말 등대를 빠져나왔다. 내 할아버지, 할머니한테는 수연이 대신 인사를 했다.

"오드리가 오늘 두 분에 대해 듣고 놀랐나 봐요. 아무튼 잘 계시고요. 행복하세요."

죽은 사람한테 행복하라니.

어찌 됐든 버스 정류장에 도착하니 어둠이 어수룩하게 밀려오고 있었다. 겨우 5시인데 시골이라 그런지 어둠이 짙은 것 같았다. 날도 더 쌀쌀해져 이가 덜덜 떨릴 정도로 추웠다.

"버스 왜 안 오능?"

나는 한 소리 하려다 말았다. 날도 추워 귀찮았고 이제 그걸로 더 대거리하기 지겨웠기 때문이다. 수연이 그 앞 슈퍼로 갔다. 그리고 돌아와 전한다는 소식이 원래 토요일 막차는 오후 5시인데 오늘은 4시 반이었다는 것이다. 하아, 거센 물살 같은 짜증이 내 안에서 회오리치고 있었다.

할 수 없이 수연과 나는 버스 정류장 벤치에 앉았다.

"택시 타고 경주역까지 가야 한다능?"

"몰라."

괜히 송대말은 가서는. 어쩌지. 돈도 없는데.

그때 전화벨이 울렸다. '문 리버~'로 시작되는. 맞다, 아저씨 휴대폰. 감포항에 도착해 돌려줬어야 했는데 정신이 없어서 깜빡했다. 받을까 말까 고민하는데 수연이 받아 들었다.

"여보세요. 아저씨 죄송하능요. 바쁘셨구능. 제가 갖다 드릴게능. 여기서 초등학교 가깝다능."

수연이 제멋대로 말하고 전화를 끊었다.

"밤도 어두운데 서기까지 어떻게 가려고?"

"우리 돈 없으니까 아저씨한테 하루 신세 져야 하능."

나는 별로 내키지 않았다. 그래서 다시 식당으로 가기로 했다. 휴대폰이야 거기에 맡겨 둬도 되는 거고. 그러나 식당에 들어서자마자 바로 나왔다. 술 취한 사람들, 담배를 뻑뻑 피워 대는 사람들로 북적댔기 때문이다. 또 혼자서 정신없이 음식을 만들고 서빙하는 아줌마에게 하룻밤만 재워 달라는 말이 나오지 않았다.

"나 저런 데에서 못 잔다능. 아저씨한테 가자능."

"길도 모르잖아."

수연이 갑자기 휴대폰을 꺼내 '길 찾기' 어플을 켰다. 그리고 감포초등학교를 도착지로 설정했다. 우리는 휴대폰이 알려 주는 대로 걸음을 옮겼다.

"아까 콘센트 못 찾아서 충전 못 했다며?"

"아, 그랬나능?"

됐다. 그 말 믿지도 않았으니까.

"그런데 여기 길 이름이 뭔지 아능? 감포깍지길. 서로 손깍지 끼고 걷는 데라능."

"무슨 말도 안 되는 소리야?"

불쑥 수연이 내 손에 깍지를 끼었다. 나는 손을 빼려다 오히려 더 꽉 잡았다. 내 옆으로 덜컹덜컹대며 리어카가 쉭 지나갔기 때문이다. 윽, 깜짝! 한번 놀라고 나니 어둠이 점점 더 무섭게 느껴졌다. 출렁출렁, 철썩철썩 파도 소리도 나를 잡아먹을 것처럼 묵직하게 들려왔다. 나는 감각이 없어 느끼지 못하는 척 손을 그대로 둔 채 걸음만 재촉했다.

수연의 휴대폰은 꽤 쓸 만했다. 감포초등학교 교문 앞에 정확히 도착했다.

학교에 불이 켜져 있었다. 건물로 들어가니 사람들이 웅성거리는 소리도 들렸다. 수연이 명함을 꺼냈다.

'신경외과 교수 차훈'

복도에 나와 있는 사람에게 아저씨가 있는 곳을 알아냈다. 우리는 보건실로 갔다. 미닫이문에는 '본부'라고 쓴 A4 용지가 붙어 있었다. 수연이 먼저 들어갔다.

아저씨가 일어나며 우리를 반갑게 맞았다. 봉사가 끝나고 치킨에 맥주를 마시고 있었나 보다. 다섯 명이 테이블에 둘러앉아 있었다. 그중에는 아침에 본 도민도 있었다.

"또 만나네요. 그럼 교수님 저희는 나가서 먹을게요."

아저씨만 빼고 모두 제 맥주를 들고 나갔다. 아, 도민도 제외.

"오빠, 같이 놀자능."

우리는 치킨을 먹기 시작했다. 나는 점심도 먹지 않은 상태라 그런지 튀김의 고소한 기름 냄새가 참기 힘들었다. 허겁지겁 먹을 거라고 생각했던 수연은 엄지, 검지만 사용하며 먹고 있었다. 그런데 너 손은 씻었니?

"아저씨, 저희 버스를 놓쳤어능. 여기에서 하룻밤 자도 될까능?"

"하하, 그럼. 내일 갈 차비는 있어?"

"당연하, 아니 음음 없다능."

"내일 오후에 먼저 올라가는 팀이 있는데 그 차 타고 가는 거 어때? 오전에는 봉사 좀 하고. 원래 의대 가고 싶어 하는 고등학생들도 같이 오는데 올해는 한 명도 못 왔거든. 어르신들 좋아하시겠다."

역시 공짜는 없구나. 괜히 도와주고 생색내는 것보다는 차라리 낫다. 그리고 이제는 서둘러 엄마를 찾으러 갈 데가 없다. 아줌마들이 마음대로 들락거리는 집만 남은 상태다.

아저씨는 우리가 있는 보건실 옆 음악실에 쳐 놓은 텐트에서 자라고 했다. 지위가 높기는 나름 높은가 보다. 무슨 결정이 척척이네. 수연은 아저씨와 도민이 잠깐 나갔을 때 그들의 맥주까지 마셨다. 저러다 무슨 생쇼를 또 부리려고. 나는 캔을 뺏어 들었다.

"야, 너 나랑 다니려면 좀 가만히 있어."

수연은 입맛을 다시며 다시 치킨을 공략했다. 아저씨와 도민이 돌아왔을 때 수연은 술기운을 마구 불러일으키고 있었다.

"우리 게임하자능. 저랑 도민 오빠, 아저씨랑 오드리 편 먹고능."

"싫어."

이 말은 게임이 싫다는 거였다.

"너도 도민이랑 하고 싶구나. 아저씨 섭섭하네."

"너랑 아저씨랑 비슷하자능. 왼손으로 밥 먹는 거, 쭈그려 못 앉는 거, 또 얼굴도 닮은 거 같다능. 아, 그리고 둘이 성이 차! 차! 같다능!"

"됐어. 왜 주사를 부려? 얘 아까 맥주 마셔서 취한 거예요."

나는 억지로 수연의 입을 막고 끌고 나와 텐트에 눕혔다. 아니 패대기쳤다. 수연은 투덜댔지만 텐트 밖으로는 나오지 않았다. 음악실 안에는 우리밖에 없었다. 무섭기도 했지만 눈치 볼 사람이 없어 편했다. 그리고 아예 혼자 자는 것도 아니니까.

"저기 나 전화 한 통만 쓸게."

하도 목숨처럼 갖고 다녀서 안 빌려줄 줄 알았는데 수연이 휴대폰을 내밀었다. 나는 화장실로 가 정우 엄마에게 전화를 걸었다.

"저 오드리예요. 혹시 엄마 연락 없었나 해서요."

"없었어. 미안한데 지금 가게 바쁘니까 이따 다시 할래?"

혹시나 싶어 경찰서에도 전화를 했으나 상황은 마찬가지였다.

나는 세면대에 기댔다. 몇 번의 한숨을 내쉬고는 비누로 대충 얼굴과 손을 닦았다. 그리고 텐트로 돌아왔는데 수연이 없었다. 기다려도 안 오기에 찾으러 나가려는데 수연이 돌아왔다.

"야, 어디 갔었어?"

수연은 쓰러지듯 누우면서 말했다. 운명의 남자에게 고백하러 갔다 왔다고. 김도민? 사실 나는 수연의 말을 아까 치킨을 먹을 때부터 아주 조금 믿게 됐다.

수연이 양념 묻은 손을 쪽쪽대며 빨자, 도민이 수연에게 물티슈를 건넸다. 그러자 수연은 눈병이 난 듯 눈을 반쯤 감고, 본인은 눈웃음이라고 우길 것 같지만, 난해한 표정을 지으며 물티슈를 받았다. 그 이상한 장면이 다 끝나기도 전에 도민이 나에게도 물티슈를 건넸다.

"감사해요. 저기, 근데요. 혹시 어제 말이에요, 저녁 7시에서 8시쯤 동대구역에 있었어요?"

"음. 네, 그쯤 맞을 거예요. 그때 바로 환승 못 하고 다음 기차 타느라."

내가 아까 굳이 이렇게 물었던 건 수연의 꿈을 깨 주기 위해서였는데.

이불 속으로 들어간 수연은 눈을 감았다. 숙제를 끝낸 것처럼 편안해 보였다. 그러나 몸에는 기운이 하나도 없는 것처럼 보였다. 운명인 것 같다고, 좋아한다고 말했겠지.

나도 그 옆에 누웠지만 쉽사리 잠이 오지 않았다.

이제 어디로 가야 할까? 엄마는 정말 내 앞에서 사라져 버렸다. 어린아이처럼 울 수도 없다. 왜 자꾸 철없이 지긋지긋했던 엄마의 진한 화장품 냄새가 그리운 거야? 너 그 냄새 싫어했잖아. 혼자 있는 게 소원이라고 노래를 불렀는데. 섬뜩한 외로움이 너무 무서운 밤이었다.

나는 수연이 낑낑대는 소리에 잠을 깼다. 일어나 수연을 흔들었다.

"어디 아파?"

수연이 식은땀을 흘리고 있었다. 나는 이불로 대충 수연의 얼굴에 난 땀을 닦았다. 그런데 땀이 멈추질 않았다. 이러다 안 될 것 같아서 보건실에 가서 약을 가져왔다. 그러고는 수연의 입에 억지로 넣었다. 초등학교라 그런지 물약이 있었다. 나는 자리에 누웠지만 잠이 오지 않았다. 수연의 상태도 볼 겸 몸을 옆으로 돌렸다.

수연은 도민을 만나고 와서 아프다. 나와 똑같이 다니고 먹었는데 나는 멀쩡한 걸 보면 이유는 그거다.

고백.

어디서 그런 용기와 확신이 생겼을까? 한편으로는 대단하게 느껴졌다. 남들이 몰랐던 진실을 겉으로 드러내겠다는 건 그 일로 생길지도 모르는 창피와 무시, 언제까지 붙어 있을지 모르는 꼬리표를 모두 감당하겠다는 마음가짐도 담겨져 있는 거니까.

나는 아직 그것에 관해서는 제대로 입을 뗀 적이 없다.

수연은 밤새 끙끙 앓는 소리를 냈다. 그러나 나는 그 소리가 하나도 시끄럽지 않았다.

7 _ 오드리

"맛있게 밥 먹고 오늘도 즐겁게 봉사합시다! 빨리들 나오세요."

도민의 목소리였다. 확성기로 사람들을 깨우고 다니는 모양이다.

나는 너무 졸려 쉽게 정신이 들지 않았다. 그러나 도민의 말이 여름밤 모기마냥 내 귀에 계속 맴돌았다.

봉사. 나와 수연이 묵은 하루 숙박비와 오늘 오후 서울까지 가는 교통비.

눈을 두 손으로 비볐다. 그러고는 억지로 기지개를 켜며 일어나 앉았다. 수연은 머리까지 이불을 덮은 채 자고 있었다.

"일어나. 오늘 봉사하기로 했잖아."

수연은 아무런 인기척이 없었다. 앓는 소리도 안 들리는데 아직도 아픈가? 나는 수연의 이불을 조심스레 걷다가, 바로 내던지듯 덮어 버렸다.

"아이씨, 놀라게 왜 눈을 그렇게 뜨고 있어?"

수연이 이불을 내려 빼꼼히 얼굴만 내밀었다. 어젯밤처럼 식은 땀은 흘리지 않았지만 흰 밀가루를 얼굴에 쏟은 것마냥 하얗게 질려 있었다.

"나 아파."

나는 감기약을 수연에게 내밀었다. 그러자 수연이 아기 새처럼 입만 벌렸다. 아프다니까 이 정도는 해 주지, 뭐. 내가 감기약 뚜껑에 물약을 붓고 있는데 갑자기 수연이 내 손을 잡았다.

"이거 빈속에 먹어도 돼?"

넌 진짜. 목구멍까지 차올랐던 동정심을 꿀꺽 삼켰다. 설마 설명서도 안 읽어 봤을까 봐. 나는 약을 수연의 입에 톡 넣었다. 그러다 뚜껑이 앞니에 부딪쳤지만 모른 척했다. 수연도 별말 없이 입을 몇 번 쩝쩝거리고는 옆으로 돌아누우며 몸을 더 웅크렸다.

"어제 고백하고 나니까 긴장이 풀리면서 몸에 기운이 쭉 빠지더라고. 뭔가 내가 꽁꽁 싸매고 있던 걸 스르륵 푼 느낌이랄까?"

"그렇게 아플 거면서 고백은 왜 하냐?"

나는 내 이불을 수연이 쪽으로 밀었다. 수연은 꼼지락하며 그것을 제 몸 위에 올리려고 했다. 그러나 잘 되지 않는 것 같았다. 나는 이불을 잡아채 펼친 뒤 수연의 몸에 덮어 줬다. 수연이 나를 보고 괴상하게 씽긋 웃었다. 딱 개그 프로에 나오는 동네 바보 빡구 웃음이다.

"오드리, 너 오징어는 언제 말리는 게 좋은 줄 알아? 1번, 더운 여름. 2번, 추운 겨울."

뜬금없이 웬 퀴즈. 별로 동참하고 싶지 않은 퀴즈 쇼였으나 수연이 기침을 하며 재촉하는 바람에 대답을 해 줬다. 1번. 무언가를 빠짝 말리려면 당연히 볕 좋은 여름이지.

"땡!"

또 무슨 엉뚱한 소리를 하려고 하는지 나는 가만히 수연을 지켜봤다. 너의 4차원 사고의 끝은 어디냐?

"어제 우리 송대말 갈 때 아줌마들이 오징어 말렸었잖아."

그랬나? 하긴 나는 어제 내가 그리로 걸어가고 있는 것도 몰랐으니까. 수연의 말로는 우리가 오징어와 가자미를 말리고 있는 데를 지났다고 한다. 그때 수연은 아줌마들과 수다도 떨었고 오징어 다리 하나를 얻어 맛도 봤단다. 내 몫도 제 배 속에 넣고.

"오징어는 겨울에 말려야 제 맛이래. 부패도 안 되고 찬바람을 쐬서 쫄깃하고. 그러니까 강력한 추위를 견뎌야만 사람에게 선택받을 수 있는 거지. 제 임무를 참되게 수행하고 전사하는 오징어의 삶이란."

"임무는 무슨? 걔네들은 사람 입속으로 들어가기 전에, 아니 말려지기 전에 죽은 것들이거든."

144

"꼭 그렇게 말해야 해? 오드리, 오징어 똑같이 '오' 자로 시작하면서. 아! 아니다. 네 성은 '차'지."

안 그래도 정신없는 머리가 감기약 때문에 더 오락가락하는구나.

나는 자리에서 벌떡 일어났다.

"너 혹시 봉사 빠지려고 수 쓰는 거 아니야?"

"아니야. 정말 아파. 그러니까 내 말은 고통 없이 어떻게 값진 걸 얻을 수 있느냐는 말이야. 아픔 없이 어떻게 사랑을 고백하고 오빠와 하나가 될 수 있겠느냐고. 난 믿어. 고통이 셀수록 그 끝은 아름다울 거라는 걸. 으윽, 춥다."

지금 네 고백을 오징어 건조와 비교분석한 거야? 나는 잠깐 잊었던 단어가 다시 떠올랐다.

돌아이.

이번에는 웃음도 같이 새 나왔다. 그러나 수연의 감은 두 눈을 바라보는 내 시선이 이전과 다르다는 것을 느꼈다. 하지만 아직 수연이 아줌마들의 스파이일 거라는 의심을 지운 것은 아니다.

갑자기 수연이 눈을 동그랗게 떴다.

"맞다. 오늘 아침에는 계속 능을 뺐네. 한 번에 해야겠다. 능, 능, 능, 능능……."

물에 빠져도 입만 떠오르는 사람이 있다지. 그게 바로 너다, 김수연.

나는 음악실을 나오며 수연에게, 너 아픈 거 뻥이지? 아픈 애가 무슨 말을 그렇게 쉴 새 없이 해? 등의 핀잔을 주려다 말았다. 왠지 이제 나는 수연에게 지청구를 주면 안 될 것 같은 묘한 기분에 휩싸였기 때문이다. 언제부터였을까.

복도로 나오자 도민이 내 쪽으로 걸어오고 있었다.

"안 와서 데리러 왔어요. 그런데 왜 혼자예요?"

수연의 안부를 물으면서 표정 하나 안 변하네. 말투도 덤덤하고. 어제 벌어진 '고백'과 관련 없는 나보다 더 자연스럽잖아. 내 예상이 맞나 보다. 김수연, 차였군.

"수연이 몸살 났대요."

"그래요? 많이 아파요? 약은? 아니다. 밥부터 챙겨 줘야겠네요."

도민은 나를 급식실로 데려가 내가 먹을 국과 반찬을 허겁지겁 차려 줬다. 그리고는 수연에게 줄 음식을 챙겨 나갔다. 저 행동은 뭐지? 혹시 어장 관리? 모르겠다.

나는 국에 밥을 말아 후루룩 마시듯 먹고 일어났다. 봉사를 온 의대생들 사이에 있기가 불편해서다. 나에게 눈치를 준 사람은 없지만 밤에 느닷없이 나타난 나를 궁금한 눈빛으로 바라보고 있는 게 느껴졌기 때문이다. 이럴 때는 어떤 질문을 터뜨리기 전에 자리를 뜨는 게 상책이다.

나는 수연이 있는 음악실로 가려다 발길을 운동장으로 돌렸다.

146

저절로 그렇게 됐다. 방해를 하지 말아야겠다는 즉각적인 몸의 반응이랄까.

운동장에는 안개가 엷게 끼어 있었다. 학교 정문 옆에 있는 시계탑을 보니 9시였다. 그런데 마치 새벽녘 같았다. 비가 오려나? 떠오른 해도 제 역할을 못 하고 있는 것 같고. 그래도 학교 안에 뭐가 있는지는 보였다. 어젯밤에 도착했을 때는 너무 어두워 정말 아무것도 없는 허허벌판처럼 보였는데.

어제 아저씨는 보건실 창문 너머의 깜깜한 운동장 어딘가를 손가락으로 가리켰다.

"저기에 '책 보는 소녀상'이 있어."

17년 전에 왔을 때와 학교가 많이 바뀌어 서운했는데 조각상이 있어 다행이라고 했다. 그때와 똑같이 남아 있는 건 조각상과 지금 내가 서 있는 조회대뿐이라고 했다.

나는 어제보다 환해진 지금 아저씨가 어젯밤에 가리켰던 곳을 바라봤다. 운동장 오른쪽 구석. 그곳에는 미끄럼틀이 있었다. 그리고 그 뒤 흰 물체가 있었다. 아마도 저거겠지? 나는 그것을 물끄러미 바라봤다.

어제 수연의 감기약을 찾으러 보건실로 갔을 때 나는 선뜻 들어가지 못하고 있었다. 불 대신 초 두 개를 켜 놓고서 책을 보고 있는 아저씨 때문이있다. 그 모습을 보자 불쑥 내 마음에서 어떤 생각 하나가 떠올랐다.

혹시 내 아빠라는 사람의 모습을 볼 수 있다면 저런 모습은 아닐까.

아줌마에게서 아빠가 의사라는 소리를 들어서인지, 수연의 말처럼 같은 '차' 씨 성을 가져서인지는 모르겠지만 불현듯 그 모습을 가만히 바라보고 싶었다.

꽉 닫은 창문 틈으로 바람이 들어오는지 촛불이 흔들거렸고 그 바람에 불빛에 비춰지는 아저씨의 모습이 더 은은하게 보였다. 아저씨는 책을 읽으며 가끔 왼손으로 코끝을 매만지기도 하고 이해하기 어려운 부분이라도 본 건지 미간을 찌푸렸다 펴기도 했다. 뿔테 안경을 머리에 올리고 잠시 눈을 감았다. 그리고 목을 뒤로 젖혀 의자에 기댔다. 아저씨의 어떤 행동이나 표정이 서서히 멈춰졌다. 움직임이라고는 천천히 가슴을 오르락내리락하는 것뿐. 낮은 숨소리가 문밖에 있는 나에게도 전달되는 것만 같았다. 어느새 나도 모르게 그 숨소리 박자에 따라 숨을 쉬고 있었다.

하나, 둘, 하나, 둘.

사소하고 특별할 것 없는 작은 움직임들. 그 안에서 나오는 이미지는 가볍지도, 그렇다고 무겁지도 않았다.

내가 선뜻 그 옆으로 다가가지 못하는 건 어쩌면 천방지축 한 아저씨의 모습 안에 차갑게 담겨 있는 차분함 때문일지도 모르겠다.

시험에 나온 지문과 문제가 익숙해서 아주 쉽게 풀었는데, 채점할 때 보기 내용이 꼬여 있었다는 것을 발견한 적이 있다. 순식간에 문제는 낯설어지고 위축된 나는 이제 그 문제를 풀 시도조차 못 하게 된다. 혹시 아빠라는 존재가 그런 느낌일까? 가장 편하고 어쩌면 만만한 상대 같은데 함부로는 대할 수 없는……. 내가 왜 이러지? 정말로 아빠를 만난 것도 아닌데.

나는 시선을 떨구고 내 생각들을 쏟아내듯 깊게 숨을 내쉬었다. 그리고 다시 보건실 안을 바라봤다. 아저씨가 나에게로 걸어오고 있었다. 그러고는 내가 피할 새도 없이 문을 열었다. 순간 따뜻한 바람이 내 볼을 기분 좋게 스쳐 지나갔다.

"언제 왔어? 들어와."

아저씨가 전기난로 가까이에 의자를 갖다 놨다. 앉아, 여기.

금세 티 포트에 물을 끓여 녹차 한 잔을 나에게 내밀었다. 춥지? 마셔.

촛불의 힘인가? 연한 주황빛으로 물든 보건실은 밖에서 볼 때보다 따뜻했고 편안했다. 그리고 왠지 모를 낯선 느낌까지 줬다. 아저씨가 의자를 당겨와 내 옆에 앉았다.

"잠이 안 와?"

나는 말없이 차 한 모금을 마셨다. 먹기 좋을 만큼만 뜨거운 차였다.

"엄마는 만났니?"

아저씨는 나를 바라보고 있었지만 내 대답을 재촉하는 눈빛은 아니었다.

"…… 그런 것도 같고 아닌 것도 같고 잘 모르겠어요. 아저씨는 첫사랑 만났어요?"

"본 것도 같고 아닌 것도 같고. 나도 좀 헷갈려."

왜 나를 따라하느냐고 따질 참이었는데 아저씨의 표정에서 장난기는 찾아볼 수가 없었다. 아저씨는 가볍게 어깨를 들었다 내렸다. 입꼬리도 같이. 그리고 고요함이 흘렀다. 가벼운 바람 소리만 쉬익— 들려왔다.

바람이 내 몸속까지 들어왔다 나간 걸까? 내 입에서 고요함이 깨지지 않을 정도의 목소리로 '송대말'이 흘러나왔다. 나중에 나는 그것이 바람 탓이라고, 고요함 탓이라고 그리고 아저씨의 기다림 탓이라고 내 행동을 에둘러 나 자신에게 변명했다. 어떤 말이 열쇠가 돼 마음이 열릴 때도 있지만 말없이 기다리고 있는 누군가의 모습이 더 효과적일 때도 있으니까. 하지만 그러기엔 그 시간이 나는 너무 짧게 걸렸다. 찰나에 내가 엄마에게 어떤 사람에게나 쉽게 마음을 여는 유전자를 받았을지도 모른다는 생각이 섬광처럼 스쳤다. 물론 금방 별똥별이 돼 어딘가에 처박혔지만.

아저씨가 비스듬했던 몸을 바로 하고 나를 향해 자리를 잡았다.

"혹시 송대말 등대?"

"네, 거기에 있다가 왔어요. 엄마처럼."

내 목소리의 톤은 높지 않았지만 미세하게 흔들리고 있었다.

"그곳에 엄마의 부모님이 뿌려져 있대요. 엄마도 거기에서 울었겠죠? 세상을 원망하면서, 부모님을 그리워하면서, 혼자라는 두려움을 견디면서. 많이 무서웠을 거예요. 세상에 홀로 떨어져 있다는 생각만큼 사람을 비참하게 공포로 모는 것도 없으니까요. 아마 지금도 무서워할지 몰라요. 고향을 떠나고 나를 낳아 유일한 가족을 만들었어도. 우리 사이에는 서로의 위치만 확인할 수 있는 정도의 늘 일정한 거리감이 있었거든요."

"투명한 유리 벽 같은 거 말이야? 서로의 모습이 다 보이지만 말을 섞을 수 없고 입 모양으로만 의사전달을 할 수 있으니까 간단한 대화만 해야 하는. 그런 유리 벽 속에 각자 갇혀 있었다는 거지?"

"아저씨도 그런 경험이 있어요?"

"나는 투명은 아니었고 불투명한 유리 벽에 갇힌 적이 있었지."

언제요, 라고는 묻지 않았다. 왠지 알 것 같았다. 갑자기 아저씨가 손으로 문을 찾는 마임을 해 보였다. 눈은 동그랗게 뜨고 입술은 오므리고. 나는 피식하고 웃음을 터트렸다.

"오늘 송대말에서 그 유리 벽의 문을 찾은 거야?"

"뭐, 그렇게 생각할 수도 있겠죠. 오늘 엄마에 대해 안 사실이 많거든요. 엄마의 고향이 감포인 거, 몇 살 때 혼자가 됐는지, 그 뒤 어떻게 살았는지, 고향을 떠나 왜 피붙이 하나 없는 서울에 살고 있는지. 그런데 있잖아요, 제가 문을 여니까 엄마는 벌써 어딘가로 떠나고 흔적만 남아 있는 것 같아요."

같아요, 아니 이건 추측으로 끝을 마무리해서는 안 될지도 모르 겠다. 정말 엄마는 내 곁을 떠났으니까.

여기에 미안함이 물결의 파동처럼 퍼지고 있다고 해서 나를 버리고 도망간 엄마를 이해한다는 의미가 담겨 있는 건 아니다. 차수옥이라는 여자한테 엄마의 역할을 요구해 오던 나는 딸의 역할을 제대로 수행하고 있지 않았다는 사실을 깨달았다는 것이다. 나름의 완벽주의로 살아온 나에게 허점이 드러나는, 나는 조금씩 타고 있던 생각의 심지에 붙어 있는 불을 꺼 버렸다.

변명 따위 듣고 싶지 않아. 어설픈 합리화 웃기다고. 아무리 그 대상이 나라도.

넌 지금 엄마를 걱정하고 있는 거잖아. 하지만 내가 아니라 엄마가 먼저 나를 피한 거라고.

꺼진 심지는 다시 타기 시작했다.

엄마가 5학년 체육대회가 있던 그날 모든 걸 이야기했다면 나는 담담하게 들을 수 있었을까? 그러지 못했을 거야. 걸레를 빨면서 어쩌면 마음을 정리하고 있는지도 모르는 엄마를 기다려 주지 않았으니까.

아저씨가 내 컵에 담겨 있던 녹차 티백을 건졌다.

"오래 담그면 너무 쓰거든."

"아저씨, 저는 부모가 누구인지, 어떤 사람인지 듣는 게 두려웠어요. 여자 혼자 아이를 낳았다는 사실이 좀 그렇잖아요. 평범하지도 않은데 아빠에 대해서도 아무 말 안 해 주고. 그럼 뻔하잖아요."

나는 차 한 모금을 마셨다. 아저씨도 나와 같이 차를 마셨다. 나는 한 모금을 더 마셨다.

"내가 하룻밤 실수로 생겼다는 것을 듣는 순간 나는 견딜 수가 없을 것 같았거든요. 마치 내가 쓰레기처럼 느껴질 테니까. 더 솔직히 말하면 한동안 그렇게 생각한 적도 있었어요. 그래서 나쁜 생각도 했었고. 그런데 왜 시도하지 않았는지 알아요? 그것도 무서웠거든요. 저 정말 웃기죠?"

아저씨는 고개를 천천히 끄덕였다. 그랬구나, 하고 말하는 것처럼 보였다. 그러고는 아무 말이 없었다. 불편한 침묵. 괜히 말했나 하고 후회를 하려는데 아저씨가 입을 뗐다.

"나도 그랬는데."

아저씨는 학창시절 이야기를 짤막하게 해 줬다. 가난한 집에서 태어난 장남. 부모님과 형제들 심지어 친척들의 꿈을 대신 이뤄야 한다는 부담감이 힘겨웠다고 한다. 남들이 부러워하는 명문대 의대생이었지만 모두가 생각하는 것과 달리 실상은 이룬 것 하나 없이 그저 텅 비어 있었기 때문에. 밤을 새워 가며 해야 하는 공부와 일이 아니라 자신을 바라보는 기대들이 아저씨를 더 숨막히게 했다고. 몇 번이고 멈추고 싶었지만 무서워서 시도하지 못했단다. 그리고 남들한테 나약한 모습을 보이고 싶지 않다는 자존심도 한몫

한 것 같다고.

나는 아저씨의 상황을 모두 이해할 수는 없었다. 그러나 마지막 한 단어가 순식간에 풀어졌던 내 마음을 동여매듯 바짝 세웠다.

자존심.

내가 아저씨에게 모든 걸 술술 이야기했던 건 아저씨에게서 나와 같은 이것을 느꼈기 때문이었을까? 당신과 나는 같은 과군요. 하긴 우연히 닮은 부분이 많기는 하다. 양손잡이인 것도, 무릎이 안 굽혀지는 것도, 같은 성인 것도. 너무 생각을 진전했나? 무릎 굽히는 건 원래 남자들의 취약점이고, 나처럼 사용하는 양손잡이나 성이 '차'인 건 드물기야 하지만 우리 반만 해도 나를 포함한 세 명이 '차' 씨 성을 가지고 있다. 나는 식은 녹차를 벌컥 다 마셨다. 괜히 수연 때문에 머리만 복잡해졌다.

아, 수연이. 나는 그제야 수연의 감기약 때문에 보건실에 왔다는 것을 깨달았다. 아저씨는 내 말을 듣고 물약을 서랍에서 꺼내 줬다. 자고 있을 테니 물약이 먹이기 편할 거라면서. 나는 아저씨에게 빈 컵을 건넸다. 그리고 일어나려는데 아저씨가 헛기침을 했다. 무슨 말을 하려는 건가? 아저씨의 인기척을 모른 척할 수가 없어 자리에 그대로 있었다. 아저씨는 몇 번의 헛기침을 더 한 뒤 입을 뗐다.

"음, 내가 주제넘을 수도 있는데 그래도 오드리보다 조금 더 살았으니까 얘기해 주고 싶어서. 엄마가 널 낳았고 길렀다는 건 말이야. 그러니까 널 지키겠다고 마음을 먹은 건 너를 만들었을 때 가졌던 그 사랑도 지키고 싶다는 의미가 포함돼 있을 거야. 그때가 아름다운 기억이기에 이렇게 너를 예쁘게 기를 수 있었을 테고. 엄마와 누군가가 한 사랑의 결정체가 아름다운 너, 바로 오드리니까."

아저씨의 눈빛이 흔들렸다. 촛불 때문에 반짝이는 아저씨의 눈에서 나는 진심을 느꼈다.

순간 나는 내가 계속 멀뚱히 앉아 아저씨의 눈을 보고 있다는 것을 깨달았다. 무안함에 벌떡 자리에서 일어났다.

"초 켜고 책 보면 눈 나빠져요."

"맞아. 그런데 형광등을 켜면 밤하늘에 뜬 별이랑 달이 잘 안 보여서 말이야. 내가 있는 데를 최대한 어둡게 해야 밖이 잘 보이거든. 혹시라도 수연이 심해지면 아저씨 부르고. 알았지?"

나는 고개를 끄덕였다. 그러고는 보건실을 나왔다.

음악실로 돌아와 수연에게 약을 먹이고 형광등을 껐다. 낯선 곳인 데다 밀폐된 공간이 아닌 데서 자는 게 신경 쓰여 모두 켜 놓았었다. 형광등 대신 전기난로에서 나오는 붉은빛이 교실에 맴돌았다. 나는 창가에 있는 라디에이터 위에 걸터앉았다. 그리고 조금 전만에도 관심이 없었던 하늘을 쳐다봤다.

빈틈없는 보름달이 떠 있었다. 그리고 그 달을 따라 줄지은 듯 별들이 나란히 수놓아져 있었다.

내가 밤하늘을 본 게 언제더라. 서울에는 별이 없지 않나? 어쩌면 나에게는 딱히 하늘을 봐야 하는 이유가 없었는지도 모른다. 아니면 하늘이 있다는 걸 잊고 살았는지도.

금세 아침 운동장에 퍼져 있던 안개가 걷혀졌다. 나는 '책 읽는 소녀상' 가까이로 걸어갔다. 멀리서 봤을 때는 하얬는데 가까이서 보니 페인트가 벗겨져 거뭇거뭇한 게 세월의 흔적이 고스란히 드러나 있었다. 그 옆에 있는 벤치에 아저씨가 앉아 있었다.

"오드리, 밥 먹었어?"

"네."

아저씨가 벤치를 손으로 톡톡 쳤다.

"앉아. 조각상 궁금해서 온 거야?"

나는 별 대답 없이 벤치 끝에 앉았다.

궁금할 것까지는 없다. 운동장에 인조 잔디가 깔리고 형형색색의 작은 놀이터가 생기면서 사라진 예전의 학교 모습을 간직하고 있는 게 조각상뿐이라니까. 그냥 할 일은 없고 어제 한 이야기는 생각나고 딱 그 정도다.

아저씨가 발뒤꿈치로 바닥을 톡톡 쳤다. 그러고는 쭉 편 다리를 오므렸다.

"처음 만난 데야. 나와 내 첫사랑이."

나는 갑작스러워 순간 내가 잘못 들은 줄 알았다.

"나는 그때 사랑은 언제든 다시 찾아오는 건 줄 알았어. 적어도 20대 때에 세 번, 30대 때에 두 번 정도. 그리고 우리 몸에 있는 사랑 반응 호르몬의 유효기간이 2년 정도일 거라는 것도 철석같이 믿었고. 그런데 사랑은 계획적으로, 이성적으로 판단하고 분석할 수 있는 분야가 아니라는 걸 깨달았어. 이제 와서 말이야."

왜 나한테 마음을 털어놓는 거지? 혹시 아저씨도 나를 '동족'이라고 느끼고 있는 건가?

"사랑도 다 안다며 똑똑한 척 굴었던 내 자만심이 부끄러워. 남들에게 멋지게 보이는 결혼이 아닌 내 감정에 충실한 선택을 했다면 좋았을 텐데. 40대인 내가 아직도 20대 때 일을 후회하고 있어. 오드리, 너는 나처럼 이성적으로 사랑을 판단하지 않았으면 좋겠어. 정말 사랑을 똑똑하게 하는 사람은 자신의 모든 걸 내려놓는 사람이거든. 설령 다른 이에게는 멍청해 보여도."

'너는 나처럼.' 나를 동족으로 생각한 게 맞구나.

혹시 봉고차에서 내가 쏘아붙였던 게 기분이 나빴나 하는 생각이 들었지만 그런 것 같지는 않았다. 아저씨는 나를 잠깐 보고는 생각에 잠긴 듯 구름이 천천히 지나가는 하늘을 보고 있었다.

그런데 아저씨, 미안해요. 아저씨의 말을 이해하지만 나는 아직 그런 게 사랑인 줄은 모르겠어요. 사랑은 둘 다 좋으려고 하는 거잖아요. 그러니까 누구라도 손해를 보는 건 불공평하고 그건 아름다운 사랑이 아니라고 생각해요.

지금 갑자기 엄마가 보고 싶은 이유는 뭘까? 촌스럽게 사진이라도 갖고 있을 걸 그랬나? 엄마 얼굴이 왜 가물가물한 게 또렷하게 떠오르지 않는 거지?

학교 종이 울렸다. 아저씨가 벤치에서 일어나 엉덩이를 손으로 털었다.

"봉사하러 가자."

"저기 아저씨, 20대 때가 아직도 기억나요?"

여기에는 아저씨의 첫사랑뿐 아니라 혹시 그때 만났을지도 모를 총알커피, 내 엄마에 대한 기억이 있다면 끄집어내 달라는 마음이 담겨 있었다. 내가 알고 있는 엄마의 모습과 다른 사람에게 보이는 엄마는 어떤 모습일까 하는 궁금증 때문이었다. 아저씨가 고개를 끄덕였다.

"아마도."

"그럼 여기에서 총알커피 팔던 여자도 알아요?"

아저씨의 초점이 흔들렸다. 기억을 되뇌어 보는 건가?

"넌 어떻게 알아?"

"뭐, 아저씨가 어제 총알커피 찾기에."

그때 도민이 소리를 지르며 운동장을 가로질러 뛰어오고 있었다. 아저씨는 무슨 일인가 싶은 표정을 짓고는 운동장으로 걸어 나갔다. 나도 뒤따라갔다.

"교수님, 환자 분 오셨어요. 그런데 좀 까다로우세요. 어제 서 교수님이 보셨는데 제대로 진료 못 보신다면서 역정 내셨거든요. 오늘 다른 의사 온 거 안다면서 당장 불러오라고."

도민은 헐떡이는 숨을 진정할 틈도 없이 아저씨와 함께 진료실로 만든 교실로 뛰어갔다. 나는 굳이 뛸 필요는 없었는데. 어쨌든 진료실에 도착하자 하얀색 개량한복을 입고 양손에 지팡이를 잡고 있는 할아버지가 있었다. 깊게 파인 주름 사이로 보이는 부리부리한 눈. 딱 봐도 아우라가 장난이 아니다.

아저씨가 의사 가운을 입고 할아버지 앞에 앉았다. 의사라는 직업 때문인가, 아니면 하얀 옷에 대한 이미지 때문인가? 아저씨도 폼이 제법 나는 것 같네.

"와 오늘 오능교?"

깜짝이야. 할아버지의 목청소리가 장난 아니었다. 하지만 아저씨는 별로 당황하지 않는 것처럼 보였다.

"죄송해요. 병원에 일이 있어서 저는 오늘부터 진료하기로 했거든요. 대신 어제 진료 보신 서 교수님보다 하루 늦게 갈 거예요. 어디가 불편하시다고 했죠? 일단 침대에 누워 볼까요?"

아저씨 옆에 서 있던 도민이 할아버지를 진찰 침대에 눕혔다. 할아버지는 오른쪽 허리와 다리가 아프다고 했다. 도민이 옆에서 어제 한 진료에 대해 아저씨에게 설명해 줬다. 무슨 말인지는 모르겠지만 대충 할아버지의 통증을 치료하기 위해서는 할아버지가 아프다고 한 데가 아니라 다른 데를 자극해야 하는 것 같았다. 뻔하지.

엉뚱한 데를 의사들이 만지니까 할아버지가 답답하고 못 미더웠나 보다. 할아버지도 웃기지. 의사들이 어련히 알아서 고칠까.

"여가 아이라 여다, 여라고 몇 번 말하능교."

"아, 네. 할아버님. 오른쪽뿐 아니라 왼쪽도 안 좋고 척추도 안 좋아서 치료를 해야 해요. 먼저 아프시다는 쪽부터 치료 들어갈게요."

할아버지는 온몸을 모두 치료받고는 떠났다. 내가 봐도 걷는 모습이 전과 달리 가벼워 보였다. 할아버지가 조용히 떠날 수 있었던 건 원래 치료받아야 하는 척추의 근육세포뿐만 아니라 가짜 치료로 무릎에도 작은 바늘을 활용해 자극을 줬기에 가능했던 것이다.

그럼 진작 그렇게 해 주면 될 것을 어제는 왜 이렇게 실랑이를 벌인 거야. 내 속마음이라도 들은 건지 도민이 고개를 절레절레 흔들면서 어제 일을 말해 줬다.

원칙주의자 서 교수님은 할아버지 억지에 한마디도 지지 않고 반박했다고 한다.

"제가 의사인데 왜 할아버지 몸을 더 망가트립니까? 자가 진단은 주관적이라 정확하지 않을 수도 있어요. 통증이라는 게 한군데에 머물러 있는 게 아니라 퍼지기도 하고 옮겨 다니기도 하니까요. 그래서 의사가 환자 몸을 눌러 보고 객관적으로 판단하는 게 더 정확할 수 있다고요."

결국 둘의 치료에 대한 의견 충돌은 고집 싸움으로 번지게 됐고 할아버지는 어제 치료를 받지 않았다.

할아버지를 제외하고는 모든 진료가 평화로웠다. 옆 교실에서 진료를 보는 서 교수님도 어제와 달리 별 탈이 없어 보였다. 나는 환자들의 이름을 파일에 적고 번호표를 나눠 줬다. 수연도 몸이 나아졌다며 일을 거들었다.

그리고 늦은 점심을 먹고 있는데 도민에게 전화 한 통이 왔다. 나를 찾는 쩜순이 아줌마였다.

"네 엄마 있는 데 알았다."

나는 주소와 전화번호를 받아 적었다. 어떻게 알았는지 물을 틈도 없었다. 나도 모르게 포기하고 있던 일에 불씨가 붙은 거다. 뭐부터 해야 하지? 정신이 혼란스러웠다. 수연이 내가 들고 있던 쪽지를 뺏어서 봤다.

"서울이잖아. 여기 우리 학교 근처 같은데?"

아저씨가 도민을 불렀다.

"도민아, 얘들 서울 가게 역까지 태워다 줘."

아저씨가 내 상황을 정리해 줬다. 우리는 도민의 도움으로 경주역에 도착했다. 매표소 앞에서 푯값을 걱정하고 있는데 도민이 교수님의 심부름이라면서 서울역행 기차표를 사 줬다. 고맙다는 말을 전해 달라고는 하지 않았다. 그건 나중에라도 기회가 된다면 내가 하는 게 좋을 것 같아서다.

기차는 10분 뒤에 출발한다고 했다. 수연은 나에게 먼저 타라고 했다. 나는 먼저 기차를 타 자리를 잡고 앉았다. 심장이 두근두근 뛰기 시작했다. 전화를 해 보려다가 엄마가 도망갈 수도 있어서 말았다. 이번이 마지막 기회일지도 모르는데 섣불리 놓칠 수는 없다.

기차가 출발하려고 할 때 수연이 아슬아슬하게 올라탔다. 자리에 앉은 수연은 휴대폰도 보지 않고 창밖만 바라봤다. 웬일로 말이 없어? 도민과 헤어졌다고 시무룩한 거야? 금방 또 웃어? 경주에서 더 미친 게 분명해. 하긴 워낙 정신없이 겪은 일이 많으니.

나는 서울에 도착할 때까지는 할 일도 없으니 잠이라도 자려고 눈을 감았다. 그러나 단 몇 초도 눈을 감고 있을 수가 없었다. 왜 이러지. 불안한 건가? 아닌데. 피곤해서? 그것도 아닌 것 같은데. 나는 두통인가 싶어 머리를 주먹으로 툭툭 쳤다.

문자 알림 소리가 계속 났다. 수연의 휴대폰에서 울리는 것 같았다.

"야, 문자 왔나 봐."

수연이 휴대폰을 봤다.

"아, 인스타로 쪽지능. 어제 충전할 때 꺼 놓고 지금 켰더니 마구 날아오는 중이라능."

네가 인스타질을 여태 안 하고 있었다고? 한 시간, 아니 몇 분마다 사진을 찍어 대던 네가?

"으악- 뭐능. 다 체셔 고양이가 보낸 거라능. 으윽 스토커!"

수연의 대사와 달리 목소리 톤은 그리 기분 나쁜 것처럼 들리지 않았다. 수연은 소리 내 쪽지를 읽었다. 모두 다른 내용이지만 간추리면 그거다. 빨리 인스타에 새 글 남겨 줘.

수연은 창밖을 사진으로 찍었다. 그리고 글을 남겼다.

서울로 가는 기차 안이라능~

바로 누군가 멘션을 단 것 같았다. 나는 곁눈질로 그 내용을 봤다.

@hauu 서울로 빨리 조심히 오면서 폭풍 인스타 부탁~~!!

'빨리'와 '조심히'? 언밸런스하군. 별말도 없다고 생각했던 나와 달리 수연은 그 글에서 눈을 떼지 못하고 있었다. 감동이라도 받았나?

"집에서는 지금까지 연락 한 번도 안 왔다능. 그런데 내 얼굴도 모르는 사람은 나를 걱정하고 무슨 일을 하는지 궁금해하고 있다능."

그런데 수연아, 이런 심각한 말을 하면서도 능능거려야 하냐? 능에서 인생 2막이 시작됐다는 말은 충분히 알아들었거든. 훌쩍이는 소리만 내지 않았어도 한 소리 하는 건데.

수연은 다시 멘션을 달아 줬다.

@Cheshire cat 오키^^ 인스타 많이 남기겠다능~

수연이 손으로 제 눈물을 훔쳤다. 나는 수연의 등을 토닥여 줄 생각으로 뻗은 손으로 등짝을 때렸다.

"야! 너 돈 잃어버렸다면서."

글쎄 눈물을 닦던 수연이 손을 번쩍 들어 이동식 매점인 수레를 세우고 그 손으로 가방에서 돈을 꺼내는 게 아닌가. 무슨 이런 말 같지도 않은 경우가 있어?

"아야, 아프다능. 아줌마, 오징어 땅콩하고 계란하고 사이다하고 음, 호두과자하고."

2만 1,700원어치. 넌 진짜 구제불능이다. 수연은 제 무릎도 모자라 내 무릎 위에까지 음식들을 쌓아 뒀다. 그리고 전투적으로 하나씩 뜯어 먹기 시작했다. 그러면서 나한테도 빨리 먹으라능 어쩌고 지껄였다.

"나 미워하지 말라능. 안 그랬으면 아저씨도 못 만나고 만두도 못 먹고 도민 오빠도 못 만났다능."

"능은 대체 언제까지 할 거야? 듣기 거슬려."

"모른다능. 도민 오빠가 하지 말라고 할 때까지능."

나는 도민과 무슨 말을 했는지 물어보려다 말았다. 내가 저들의 사랑 놀이에 관심이 있는 것처럼 보이기 싫어서다. 어차피 먹는 게

164

남는 거랬다. 나는 마구 먹기 시작했다.

　오후쯤 우리는 서울역에 도착했다. 버스 정류장에서 나는 수연
을 떨쳐 낼 수가 없었다. 버스비를 낼 수 있는 사람은 수연밖에 없
으니까. 그리고 주소만 가지고 엄마 있는 데를 찾아가기 위해서는
수연의 휴대폰도 간절히 필요하니까. 그나마 전보다 수연이 불편
하지 않은 게 다행이라 여겼다.

　나는 수연을 따라 버스를 타고 내려서 길을 걸었다. 골목골목으
로 들어갈 뿐 아니라 낮은 언덕배기도 올라가야 했다.

　"이리로 가면 이제 나온다능. 여기 우리 학교하고 되게 가깝다
능. 한 20분."

　그래? 나는 학교, 집을 벗어난 적이 없어서 동네가 낯선데. 갑
자기 불쑥 화가 치밀어 올랐다. 그럼 이렇게 가까운 데에 있었다는
거야? 보고 싶었던 마음은 당장 따지고 싶은 심정으로 바뀌고 있었
다.

　수연이 걸음을 멈췄다. 여기 어디쯤이라면서 어느 골목 어귀 앞
에 섰다. 폭이 좁지만 한쪽에 식당이 줄지어 있었다. 네 개쯤. 모두
배달이라고 적힌 걸 보니 배달 전문 식당인가 보다.

　아줌마가 불러 준 주소에는 식당 이름이 없었는데 정말 하나같
이 식당에 간판이 없었다. 아마도 마지막에 말한 '4호'가 집 번호가
아니라 가게 번호였나 보다. 내가 앞장서 골목으로 들어갔다.

한 식당에서 단발머리 아줌마가 큰 쓰레기 봉지를 들고 나왔다. 머리가 곱슬곱슬한 게 눈에 너무도 익었다. 오드리, 요 옆에 미장원에서 오천 원 싸게……. 그날 엄마의 목소리가 귀에 울렸다.

무슨 생각을 하는지 쓰레기통 앞에 서서는 또 넋을 놓고 있었다. 그렇다고 내가 봐줄 줄 알아.

나는 성큼성큼 걸어가 엄마 뒤에서 소리를 빽 질렀다.

"엄마!"

엄마는 놀랐는지 뒷걸음질치다가 벽에 등을 부딪혔다. 나는 엄마 눈앞에 바짝 섰다.

"내가 못 찾을 줄 알았어?"

그런데 이게 무슨 적반하장. 엄마가 내 등을 세게 후려쳤다. 아!

"조그마한 년이 세상 무서운 줄 모르고 외박을 해? 내가 걱정을 얼마나 했다고. 혹시 엇갈릴까 봐 감포도 못 가고 내 속이 얼마나 탔는 줄 알아?"

엄마가 또 내 등을 연달아 때렸다. 나는 엄마를 밀쳐 냈다.

"아이씨, 왜 때려? 엄마 때문에 그런 거잖아. 누가 돈 갖고 튀래?"

"누, 누가 돈 갖고 튀어? 잠깐 피신 나온 거지. 진짜 내가 너 어떻게 되는 줄 알고 얼마나 무서웠다고 이년아. 너 어떻게 됐으면 나 죽으려고 했다고."

내 양팔을 잡고 있던 엄마의 손이 스르르 아래로 내려가더니 엄마가 바닥에 철퍼덕 주저앉았다. 그러고는 소리 내 울기 시작했다. 말 그대로 엉엉, 펑펑. 어느새 내 눈에도 눈물이 고였다. 아이, 짜증나게 엄마는 왜 길바닥에서 울고 그래. 그지같이. 그러나 얼마 지나지 않아 나는 엄마를 안고서 같이 울기 시작했다. 바닥에 털썩 앉아 마치 목소리 크기 대결이라도 하듯 소리를 질러 가면서.

8 _ 서울살이

"뭐냐고, 이게 뭐냐고. 으아앙~"

"우째 우트럽게, 와 이케싸나 그럴빠야 뒈졌뿌자고~"

대체 뭔 소리야? 말귀를 왜 이렇게 못 알아먹어? 아, 정말 답답해 미치겠네.

엄마는 내 말을 무시한 채 계속 내가 잘 알아듣지도 못하는 사투리를 써 대며 울어 댔다. 나는 물러서지 않고 엄마에게 더 크게 윽박을 질렀다. 내가 묻는 말에 똑바로 대답하라고.

점점 나는 목이 쉬어 소리가 잘 나오지 않았다. 그래도 멈추지 않고 온몸에 힘을 주고 있는데 클랙슨 소리가 귀를 찢을 정도로 크게 들렸다. 엄마와 나는 우는 것도 잊은 채 동시에 소리 나는 데를 바라봤다. 오토바이를 탄 아저씨가 우리를 노려보고 있었다.

"거, 작작 좀 하슈. 좁은 골목 막고 뭔 짓거리래. 배달도 못 나가게."

그제야 나는 골목이 눈에 들어왔다. 가게 앞에 마구 쌓아 놓은 시래기 등의 식재료들, 한쪽 벽에 세워 둔 배달용 오토바이, 퀴퀴한 냄새를 풍기는 음식 쓰레기를 담은 큰 봉투들. 두 사람이 나란히 서기도 바듯한 길을 우리가 막고 있었던 것이다.

어디에 있었는지 갑자기 수연이 우리를 일으켜 벽 가까이로 데려갔다. 그러자 성질을 내던 아저씨가 오토바이에 시동을 걸고는 칼바람을 내며 우리 앞을 쌩, 하고 지나갔다. 나는 순간적으로 엄마의 팔을 잡아 벽으로 더 당겼다.

저러다 아주 사람 치겠네. 비켜 달라고 부탁을 하면 될걸. 재수 없어.

아저씨가 지나가고 우리는 다시 원점으로 돌아갔다. 아직 아무런 진전이 없었으니까.

"왜 돈을 갖고 튀었느냐고."

"왜 넌 집을 나갔느냐고."

다행히 엄마는 사투리를 쓰지 않았다. 그러나 여전히 둘 다 서로에게 따져 묻기만 할 뿐 대화라는 게 되지 않았다. (나중에 수연은 우리가 묘하게 대화를 했다고 했다. 서로 쉴 새 없이 쏴붙이는 것 같지만 한 번씩 말을 주고받았다고. 대화라는 말뜻도 모르나?)

내 목소리는 점점 더 커졌다. 엄마도 만만치는 않았다. 엄마의 주먹 쥔 손이며, 시뻘겋게 불타는 얼굴이며, 잡아먹을 듯한 눈빛.
딸을 버렸다는 엄마의 죄책감은 눈을 씻고 찾아봐도 없었다. 정말
쩜순이 아줌마 말대로 엄마는 독한 년인지도 모른다. 독한 년 배
속에서 나온 나는 어떨까. 만만치 않지.

"아악~"

있는 힘껏 악을 썼다. 동네가 떠나갈 정도로.

그때 누군가가 내 등을 쳤다. 고개를 옆으로 돌리자 모르는 아줌
마가 파리채를 들고 서 있었다.

"이제 저녁 배달 시간이야. 그만해. 그 정도면 됐어."

"언니! 왜 더러운 걸로 오드리를 쳐?"

엄마가 아줌마에게 눈을 부릅뜨고 따졌다. 내가 고마워할 줄 알
고. 됐거든.

아줌마는 우리 등을 번갈아 밀어 가게 안에 딸린 쪽방으로 들어
가게 했다. 별로 들어가고 싶지는 않았지만 엄마와 단판을 지을 장
소가 마땅히 없었다. 방에 들어서자마자 옷걸이에 걸린 주황색 점
퍼가 가장 먼저 눈에 띄었다. 엄마는 점쟁이가 주황색이 자신의 액
을 막아 주는 색이라고 했다며 외투는 저 색밖에 안 입는다.

"여기서 자는 거야?"

"응."

순간 가슴 아래로 무거운 쇠구슬이 툭 떨어지는 것만 같았다. 말
도 안 돼. 낡은 테이블 두 개, 찌든 때로 가득한 주방, 한 사람 눕기

도 버거운 방이 전부인 이곳에서? 890만 원이 큰돈은 아니지만 작은 월세방 정도는 얻을 수 있지 않나?

"그 돈 어디 있어?"

"무슨 돈?"

"곗돈 말이야. 엄마가 들고 튄 그 돈. 꼭 내 입으로 말해야 해? 계원들 우리 집에 쳐들어왔었어. 몰라?"

엄마가 고개를 떨어뜨렸다. 불쌍한 척하기는. 나는 다시 물었다. 곗돈 어디 있느냐고. 이제는 눈물까지. 미안하지만 이미 골목에서 다 한 거거든. 나는 방에 있는 초록색 손가방을 들었다.

"이거 엄마 거지?"

말은 안 해도 눈치가 딱 엄마 거다. 그리고 내가 엄마의 가방을 모를 리가 없다. 어찌나 색깔이 눈을 불편하게 만드는지. 나는 가방에 있는 것을 모두 바닥에 쏟았다. 립스틱, 바느질 세트, 생리대, 동전 몇 개, 열쇠 그리고 통장.

'동운증권'

나는 통장을 펼쳐 봤다. 현재 수익률, 시가, 고가, 채권, 매도, 날짜. 무슨 숫자가 이렇게 많아? 몇 장을 넘겨 봐도 어떤 숫자가 최종 잔액인지를 알 수가 없었다.

"여기에 그 돈 있는 거 맞지?"

내가 통장과 도장을 들고 나가려는데 엄마가 꺼억꺼억 울면서 내 발목을 잡았다.

"거기 돈 없어. 김새현한네 낭했어."

나는 당장이라도 그 자식이 어디에 있든 어떻게든 찾아 돈을 받아 올 참이었다. 그런데 엄마는 누구냐는 내 물음에 엉뚱한 말을 했다. 김재현이 동운증권 회장이라니? 그게 무슨 말이야? 그런 부자가 뭐가 아쉬워서 천만 원도 안 되는 엄마 돈을 갖고 튀어?

겨우 마음을 진정한 엄마는 왜 통장에 넣어 둔 돈이 사라졌는지 말해 줬다.

"증권사가 은행보다 이자가 두 배라잖아. 내가 CP가 어음인지 채권인지 뭔지 어떻게 알아. 그냥 직원이 돈을 분산해서 관리하면 좋다니까 나는 적금 같은 건 줄 알고 그랬지. 알고 보니 레저, 인터 어쩌고에 돈을 나눠서 투자했더라고. 나도 불안해서 돈 없어지는 거 아니냐니까 동운이라는 큰 회사가 망하면 국가가 망하는 거라고, 그럴 일 없다면서 도리어 화를 내잖아."

엄마는 말을 하면서 다시 숨이 가빠 오는지 계속 씩씩하는 바람 소리를 냈다. 나는 생각을 정리할 시간이 필요했다. 그래서 일단 자리에 앉았다. 엄마가 쭉 편 내 다리를 잡았다.

"오드리, 엄마 억울해. 그 회장 놈이 지 돈만 챙기고 회사 망하게 했대. 그래서 그 돈 못 찾는대."

말도 안 돼. 그 많은 돈을 한 번에.

나는 손으로 엄마의 어깨를 여러 번 밀쳤다. 우는 소리 좀 그만 내고 똑바로 앉아서 말하라고. 그러나 누가 내 목울대를 아래로 잡아당기는지 말이 나오지 않았다. 겨우 힘 줘서 한 말이라고는 '그게 뭐냐고?'였다. 그래, 나 모르겠어. 그러니까 다시 설명해. 내가 엄마의 등을 세게 쳐도 엄마는 미동도 없었다. 이번에는 엄마의 몸을 잡고 흔들었다. 그러자 수연이 내 손목을 잡았다. 나는 수연을 째려봤다. 그리고 그 손을 뿌리쳤다. 엄마는 계속 울기만 했다.

수연이 기분 나쁘게 한숨을 크게 쉬었다.

"나도 뉴스에서 봤는데 소용없대. 동운그룹이 발행한 어음을 사람들이 사면 일정 기간이 지난 뒤 원금하고 이자를 줘야 하는데 그 전에 망한 거지. 그러니까 동운이 카드를 막 긁고는 나중에 돈 없다면서 카드값을 안 갚는 거야. 돈 없다고 배 째라는데 어떡해."

나도 드라마에서 어음 증서가 휴지 조각 됐다는 거 봤어. 돈을 받을 수 있는 종이는 있지만 돈 줄 인간이 없는 거. 그런데 이렇게 끝낼 수는 없잖아. 차라리 엄마가 성형수술하는 데에, 굿하는 데에 썼다면 몰라. 비싼 거 먹고 잠이나 편히 잤다면 이렇게 허무하지는 않을 거라고.

숨이 드문드문 쉬어졌다. 먹먹한 가슴이 아파 왔다. 나는 내 다리를 붙잡고 있는 엄마의 손을 밀어냈다.

이번에도 외면하고 싶었는데. 돈을 찾을 수 있을 거라는 개똥같은 희망은 놓지 않고 있었는데. 빠져나갈 구멍이 없다. 어디에도 내가 숨을 공간이 없다. 외면하고 서 있을 벽도 없다. 이번에는 우리 사이에 수연도 끼어 있다.

방 안이 섬뜩할 정도로 조용하다는 사실을 깨닫게 된 순간 너무 두려웠다. 내가 지금 무엇을 해야 할지에 대해 모르, 아니 알고 있어서.

나는 일어나 방문 앞에 섰다.

"일어나. 집에 가게."

엄마는 그 의미가 무엇인지 아는 눈치였다.

"집에 계원들 있다며?"

나 각서 썼어. 엄마를 잡아 오겠다고. 엄마가 나 버리고 갔으니까 나도 전세 보증금이라도 챙겨서 혼자 살 궁리를 해야 하잖아. 물론 돈이 있었으면 깔끔하게 합의하면 되겠지만 없잖아. 사기당했다고? 억울하겠네. 그런데 이제 그 아줌마들한테 잡아먹힌대도 나하고는 상관없는 일이야.

나는 애써 침착하려 했지만 잘 되진 않았다. 불쑥불쑥 화가 치밀어 올랐다.

"그러니까 누가 그런 짓 하래? 머리도 나쁘면서 무슨 증권이야? 무식하면 무식한 대로 잠자코 좀 살지, 뭘 그렇게 만날 나대냐고. 돈 불려서 어딜 더 수술하려고? 나이 먹었으면 나잇값 좀."

"너 위해서, 너 잘 살라고."

엄마가 자리에서 벌떡 일어났다. 나는 그 단호한 눈빛을 피하지 않았다.

"왜 내 핑계를 대? 지금까지 나한테 뭘 해 줬다고? 엄마 번 돈으로 성형수술하고 굿하고 점집 다니고. 설마 밥 먹여 준 거? 그거 아까워하지 마. 내가 엄마 때문에 마음고생한 대가로 쳐도 부족하니까. 다시는 내 탓 하지 말라고."

"어떻게 그렇게 말해? 너한테 뭘 바란 건 아니지만 내가 왜 그렇게 했는데. 너 건강하게 살라고 성공해서 남부러울 것 없이."

"그거랑 엄마 얼굴 고치고 굿하는 게 무슨 상관이야? 제발 좀 앞뒤가 맞게 말하면 안 돼?"

꼭 못 배운 티를 내야 하는 거냐고. 목구멍까지 나왔지만 입 밖으로 내지는 않았다. 지금 그런 이야기가 무슨 소용이라고. 엄마의 눈이 눈물로 차기 시작했다. 어느새 빨개진 볼이 움찔거렸다. 나는 고개를 돌렸다. 코끝은 왜 시려 오는지.

"됐어. 그만해. 빨리 가자고."

나는 엄마의 손목을 잡고 끌었다. 그러나 엄마는 꼼짝도 하지 않았다.

"네가 애기 때 고열에 경기를 일으켜서 의사들도."

의사. '네 아빠가 의사인데…….' 갑자기 쩜순이 아줌마의 말이 뇌리를 스치고 지나갔다. 그리고 약속한 듯이 몸이 석고처럼 서서히 굳기 시작했다. 아빠, 아직 나를 옴짝달싹 못 하게 만드는 단어다.

"엄마는 대체 나한테 왜 이래?"

나는 뜻하지 않게 그 자세에서 엄마의 이야기를 들었다. 꼭 어떤 이유를 듣겠다며 왜,라고 말한 건 아니었는데.

175

17년 전 3월 꽃샘추위가 기승을 부리던 어느 날, 엄마는 처음으로 서울 땅에 발을 디뎠다.

드라마에서 서울 상경한 촌놈들의 모습은 많이 본 터라 겁먹을 건 없다 여겼다. 하지만 서울역은 넓었고 사람들은 정신없이 움직였고 역 앞에 있는 건물들은 너무 높아 속을 울렁거리게 만들었다니 무슨 말이 더 필요할까. 친척은커녕 친구 한 명 없는 낯선 곳에서의 막막한 생활이 불안하게 시작된 것이다.

첫 집은 고시원. 임신해 몸이 무거운 탓에 일도 못 하고 커피 장사로 번 돈을 모두 자고 먹는 데에 썼다. 그리고 9월에 성안병원이라는 복지 병원에서 혼자 나를 낳았다. 병원비가 무료라는 것을 알고 일부러 그리로 간 것이다. 그곳에 있던 수녀님을 통해 복지원에 있게 됐고 2년 동안 식당에서 일을 하며 모은 돈으로 작은 월세방을 얻어 나왔다.

그렇게 1년을 죽이 됐든 밥이 됐든 엄마와 나는 살아갔다. 서울살이 야박하다 해도 이 정도로만 살면 문제는 없을 거라고 여겼던 그날 밤 내가 아프게 된 것이다. 엄마는 입방정을 떨었다며 자책할 시간도 없었다. 허겁지겁 병원 응급실로 달려갔고 내가 퇴원할 때까지 심한 독감에 걸린 듯 엄마는 몸을 떨면서 다녔다.

그리고 며칠 뒤, 우연히 식당에서 같이 일하는 언니와 찾아간 점집에서 엄마는 자신이 나의 앞길을 열어 줄 수도, 막을 수도 있다는 말을 들었다. 모호한 소리. 사람을 어느 쪽으로도 가지 못하게 묶는 잔인함을 안고 있는 것. 엄마는 덫에 걸렸고 내 앞길을 뚫어 줄 수 있는 방법을 알려 달라고 했다. 그리고 어떤 색을 주로 몸에 지녀라, 어떤 음식을 해 먹여라, 얼굴 어디를 고쳐라 등의 주의 사항을 듣게 됐다.

지금까지 다닌 데가 네 군데. 그 점집들에서 해 준 이야기를 종합해 나온 것이 엄마는 주황색, 나는 초록색을(내 가방은 언제나 초록색이 포함돼 있다) 몸에 지녀야 하며, 나는 싸여져 있는 음식인 쌈, 김밥, 만두 등을 먹어야 한다나. 또 엄마는 눈썹 문신, 점 시술로 인상을 포인트 있게 만들 필요가 있다는 것이다.

엄마는 지금까지 이것들을 지켰기 때문에 내가 잔병치레 없이 자랐으며 앞으로도 성공할 것이라고 굳게 믿고 있다. 어처구니없게도.

나는 어느새 놓았던 엄마의 팔을 잡았다.

"2년이나 신세 진 수녀님한테 미안하지도 않냐? 미신에나 빠지고. 내가 감기에 걸리지 않은 건 엄마가 날이 선선할 때면 목에 두르라고 주는 손수건 때문이고."

의도치 않게 엄마를 칭찬한 꼴이 됐다. 그저 엄마의 맹목적 미신들이 잘못된 거라고 지적하고 싶었을 뿐인데. 엄마는 다리가 부어서 욱신댄다며 방바닥에 앉았다. 그리고 미신 이야기에 생기가 돌는지 조금 선까지 운 여자가 맞나 의심이 들 정도로 눈이 초롱초롱 해졌다.

"김 보살이 말한 초록색. 그 초록색 띠가 둘러진 손수건을 준 덕이지. 이번에 이자로 돈 좀 불려서 곗돈 타면 너 코 고쳐 주려고 했는데. 코끝만 세우면 훨씬 일이 잘 풀린다더라. 얘, 그렇게 하면 우리 오드리 더 예쁘겠지?"

엄마는 벽에 기대 서 있던 수연을 쳐다봤다. 나는 발로 바닥을 세게 쳤다.

"아, 쫌! 그 점쟁이 사이비라고. 그렇게 잘 맞히면 엄마 돈 날리는 건 왜 모르는 건데."

"그러니까 말이야. 그 점쟁이가 신 받은 지 너무 오래돼 그런가 봐. 다른 데로 옮길 때가 된 건지."

정말로 다음 점집을 어디로 가는 게 좋을지 곰곰이 생각하는 눈빛을 하고 있는 엄마. 수연한테 경주에서 볼 거 못 볼 거 다 보여 줬다고 생각했는데 아직도 남은 거야? 정말 엄마는 내가 감당할 수 있는 선을 이미 넘어 버렸다. 엄마라는 이름 때문에 생기는 동정은 이제 내 안에서 더 나오지 않는다는 것이다.

"미칠 게 없어서 점에 미치냐? 쪽팔리게 진짜."

나는 당연히 엄마가 소리를 지를 거라고 생각했다. 우리의 말싸움은 끝난 것 같아도 늘 다시 시작했으니까. 사소한 싸움이든, 큰 싸움이든. 누군가 공을 나에게 던지면 반사적으로 공을 받듯이. 그런데 엄마가 목소리를 낮게 깔았다.

"쪽팔려? 엄마가?"

목소리 톤을 바꾼다고 내가 물러날 줄 알아? 나는 똑 부러지게 말했다.

"어."

"지금 너한테 내가 처음 서울에 올라온 이야기를 했어. 내가 얼마나 벅차고 떨리는지 알아?"

쳇, 점쟁이들한테 수도 없이 했으면서 새삼스레. 그리고 갑자기 왜 이렇게 안 어울리게 분위기를 잡는 거야? 평소처럼 촐싹대고 소리나 픽픽 지르지.

"네가 처음으로 나한테 '왜'라고 물었어. 나는 너랑 서울에 살면서 속으로 수도 없이 너를 의지했어. 의논도 하고 내 지난 일도 이야기하며 살고 싶었어. 하지만 너한테 마음의 짐을 더는 꼴이 될까봐 한마디도 못 했다고. 나 때문에 힘들어지게 될까 봐. 혹여 내 팔자가 입으로 옮겨 갈까 봐."

"엄마는 말하지 못한 게 아니라 안 한 거야. 엄마의 과거가 창피해서 숨긴 거라고."

"아니야. 네가 듣고 싶어 하지 않았잖아. 나는 그날 말해 주려고 했다고."

그날. 아무런 정보도 없었지만 엄마와 나는 같은 날을 떠올리고 있었다. 엄마는 내가 아직 무언가를 받아들이기 어려워서 그랬다고 내가 크면 밀해 주려고 했는네 아직 기회가 없었다고 했다. 나는 아직까지 내 핑계를 대는 엄마에게 상처 줄 수 있는 말이 무엇일까 머리를 굴렸다. 그 말이 무엇이든 나에게 날카로운 화살로 되돌아 올 테지만 상관없었다. 나는 벌써 찢겨져 너덜너덜해졌으니까.

"웃기지 마. 유부남하고 그렇고 그런 사이였고 고향까지 야반도주하듯 떠났다는 걸 열두 살짜리한테 말하려고 했다고?"

엄마가 몸을 떨면서 말했다. 아니라고. 나는 담담하게 말했다. 상관없다고. 앞으로 엄마, 아빠라는 존재는 없다고 생각하면서 살면 된다고. 지금껏 그래 왔듯이. 엄마가 소리쳤다.

"아니라고."

혹시 싸움을 거는 건가? 하지만 나는 그 공을 받고 싶지 않았다. 그래서 최대한 차분하게 다시 말해 줬다.

"유부남이 아니면 왜 결혼을 안 했는데? 왜 나는 엄마 성 따라 '차' 씨인데?"

"그건……."

모든 걸 빨리 끝내 버리고 싶다. 더는 복잡한 거 싫다. 좁은 방에서 엄마와 실랑이를 벌여서인지 나는 몸에 힘이 빠져 바닥에 주저앉아 버렸다. 그런데 머릿속에 있는 생각을 지울수록 보기 싫은 단어가 더 뚜렷하게 보였다. 마치 잘 보이지도 않던 먼지가 오히려 걸레질 때문에 덩어리로 뭉쳐져 자기 본색을 드러내는 것처럼.

분명 엄마가 서울에 올라오는 데에는 '그 사람'이 연관돼 있다.

그러나 엄마는 자신의 서울 생활에 대해 말하면서 끝내 언급하지 않았다. 정확히 누구냐고 물어볼 생각은 없다. 그저 쩜순이 아줌마에게 들은 말들이 생소해서 아직 머리에 남아 있는 것뿐이다.

엄마에게 말한 것도 그렇다. 궁금해서가 아니라 뭐, 선전포고 같은 거다. 그 둘은 내 삶에서 중요하지 않은 사람들이라는 것을 분명하게 해 주겠다는. 그리고 내 다짐도 포함돼 있다. 다시는 아빠라는 단어에 움찔거리지 않겠다는. 어차피 나한테 큰 영향을 준 사람들도 아니니까.

나는 수연에게 휴대폰을 빌려 달라고 했다. 내가 엄마를 데리고 집까지 갈 기운이 없다. 계원 아줌마들끼리 알아서 하라고 여기 주소를 알려 줘야겠다. 그리고 모든 걸 마무리 지을 것이다.

수연이 내 옆으로 와 앉았을 때 엄마가 입을 뗐다.

"오드리, 내가 만났을 때는 네 아빠 유부남 아니었고."

수연은 내가 누른 전화번호를 모두 지웠다.

엄마는 '우리가 그 사람을 만나지 못하는 건'으로 말을 시작했다. 그리고 '어쩔 수 없이 헤어졌어.'로 끝마쳤다. 어쩔 수 없이,라고?

남자가 가난한 여자가 자신의 애를 가진 것도 모르고 더 좋은 조건을 가진 여자와 결혼을 했다. 여자는 등신처럼 남자를 위해 혼자 애를 낳아 기르기로 결심했다. 남자에게는 절대 찾아가 귀찮게 하지 않을 것이며 딸을 의대에 보낸 그때에 만날 것이라고 다짐을 하고. 완전 신파가 따로 없군. 내가 보기에는 너무도 계획적인데 어느 부분이 어쩔 수 없었다는 거지? 딸에게서 아빠를 뺏어 갈 만큼 엄마의 사랑이 그렇게 대단한 건가.

"엄마가 피하지 않고 나를 가졌다고 말했다면 상황은 달라질 수도 있는 거였어. 엄마는 너무 잔인해. 엄마의 사랑을 아름답게 만들겠다고 딸을 너무 힘들게 했으니까."

"미안해."

엄마한테 이 말을 듣기까지 참 오래 걸렸다. 나는 아무 말도 하지 않았다. 아직 괜찮지 않으니까.

내 원망의 화살을 어디로 향해야 할까? 엄마가 말할 때까지 기다려 주지 않았던 나? 사랑하는 남자를 위해 내가 있다는 걸 숨긴 엄마? 지금껏 나를 버렸다고 생각했지만 아닐지도 모를 남자?

엄마의 말이 모두 사실이라면 화살은 분명 엄마를 향해야 할 것이다. 엄마가 처음부터 솔직하게 말했다면 나도 부모 아래에서 평범하게 살 수 있었을 테니까. 아니다. 의사가 시골 처녀를 선택할 리 없지. 그러기에 나는 초점 잃은 눈으로 활만 팽팽하게 당기고 있을 뿐이다. 수도 없이 나에게 고백하는 상상을 했다는 엄마의 말은 더욱 나를 혼란스럽게 만들었다. 멀리 던진 부메랑이 허공을 다 돌고 원점으로 돌아오고 있는 것 같은,이라고 표현하면 과할까.

엄마가 두 손을 가만히 모았다.

"그때 나는 고작 스물두 살이었어. 너무 어렸고 서툴렀지. 그 남자를 사랑하는 데에도, 너를 사랑하는 데에도. 둘 다 나한테는 첫

사랑이거든. 키우면서 많이 생각했어. 네가 자라면서 예쁜 짓을 하는 모습을 못 봐서 그 남자는 안됐다. 놀이공원도 못 가는 우리 오드리는 참 안됐다. 눈치챘는지 모르겠지만 가족들이 많이 놀러 가는 데에 가면 네가 아빠 없다는 사실을 깨닫고 힘들어할까 봐 데려가지 않았거든."

내가 놀이공원에 데려가 달라고 떼를 쓰지 않은 건 나도 무언가를 느끼고 있었기 때문일 것이다.

서로의 얇은 숨소리가 방 안에 고요히 퍼졌다. 그리고 엄마는 자신이 엄마라는 역할이 처음이라 실수투성이였다고 다시 작은 목소리로 말했다. 엄마의 어설픔 때문에 우리가 그동안 그 일을 언급하지 않은 것이며 갈등을 빚어 온 거라며. 그렇다면 내가 너무 힘겨운 거 아닌가. 엄마, 나도 딸이라는 역할이 처음이라 혼란스러울 때가 많았거든.

"그래도 조금이라도 일찍 말해 주는 게 낫지 않았을까?"

나는 엄마의 얼굴을 미처 바라보지 못했다.

"네가 듣고 싶다고 할 때까지 내가 기다려 주는 게 네 자존심을 지켜 주는 거라고 생각했어. 오드리 하면 자존심이잖아. 어릴 때부터 그랬어. 자다가도 벌떡 일어나 먹는 딸기도 삐치는 날이면 꾹 참고 안 먹었지. 물론 마음이 풀린 다음 날 마구잡이로 다 먹어 치웠지만. 손톱에 빨간 물이 들 정도로 말이야."

왜 내가 그 이야기를 들으면 자존심에 상처를 받을 거라고 생각했을까? 핑계. 우리 둘만 사는 것으로 내가 미혼모 자식이라는 건 나뿐 아니라 다른 사람들 눈에도 벌써 다 보인 상태인데. 그래, 그때 내가 엄마를 외면하고 방으로 들어가 버렸다.

하지만 나는 어떤 사실을 받아들이기에 너무 어렸고 감정을 표현하는 데에 서툴, 렀다.

순간 마음이 움찔거렸다. 여기서 내가 엄마한테 할 수 있는 말이 무엇일까?

서로 아무 말도 하지 않았다. 그러나 어색함은 없었다. 누구 하나 서로의 눈치를 보지도 않는 것 같았다. 기다리고 있었던 것이다. 제 마음이 안정을 찾을 때까지, 상대가 입을 자연스럽게 열 수 있을 때까지. 조금씩 서로에게 다가가고 있는 묘한 기분을 느끼며.

나는 손바닥으로 얼굴을 감쌌다. 그러자 끝을 알 수 없는 늪으로 부드럽게 빠져드는 것만 같았다.

'짐작'이라는 건 시험의 예상 문제를 뽑는 거와 같다. 시험을 보기 전까지 긴장되는 마음으로 적중률이 높을 문제를 추리는 것. 처음에는 50개, 나중에는 40개, 30개…… 시험일이 다가올수록 그 수는 점점 줄어든다. 그리고 시험지를 받는 순간 내 짐작은 평가를 받게 된다. 그동안 자신을 믿고 한 노력으로 절망을 맛볼 수도, 환희를 만끽할 수도 있게 될 것이다. 시험시간이라고 해 봤자 길어야 50분 정도인 그 안에 3개월, 수능으로 치면 12년이라는 기간의 노력을 말이다.

처음에는 많이 적중했지만 점점 횟수가 줄어들면 내 안에 샘솟던 기대라는 것은 두려움으로 변해 간다. 그 마음은 시험을 보기 전에 도망가는 것으로 표출되는 것이다. 도망쳐야만 했다. 내가 할 수 있는 최선이었다. 세상에는 학교처럼 예상 문제와 답을 알려 주는 선생님도, 나를 붙잡아 주는 사람도 없었다. 아무도 내 감정을 모른다고 믿었으니까. 엄마는 이런 나를 모른 척해 주는 게 나를 위한 거라고 생각했단다. 그래서 다가오지 않았었다고. 말하지 않았었다고.

갑자기 눈물이 주르륵 흘러내렸다. 진실이라는 게 때로는 잘못된 오해보다 더 무섭게 느껴질 경우가 있는 법이다. 그래서 사람들이 진실을 외면하고 피하는 것이다. 내가 아빠라는 존재를 대했던 것처럼.

엄마가 내 눈물을 손으로 훔쳐 줬다. 나는 평소처럼 엄마의 손을 밀치지 않았다. 나는 고개를 들어 엄마를 바라봤다. 엄마는 눈을 찡긋거리며 웃어 보였다.

"너한테 모든 사실들을 털어놓으면 엄청 눈물이 나올 줄 알았는데 그러지 않네. 이상하다. 네 아빠 이야기를 해도 하나 슬프지가 않아. 점점 기분이 좋아지고 마음이 편해져."

"이제 아빠 얘기는 하지 마."

그냥 없는 대로 살면 아무 문제 없는 거야. 괜히 복잡하게 생각할 거 없어. 엄마하고 나 이렇게 둘이 처음처럼 살면 되는 거라고.

17년 전 엄마가 그랬듯 이제는 내가 엄마와 함께 서울살이를 시작할 것이다.

아직 해결해야 하는 문제는 많다. 그러나 무턱대고 서울로 나를 데리고 올라온 엄마처럼 나도 막무가내로 해 보려 한다. 내가 이런 결정을 했다고 엄마를 모두 이해한 건 아니다. 어쩔 수 없지 않은가. 서울 하늘 아래에 엄마는 나밖에, 나는 엄마밖에 없으니.

"그런데 오드리, 네 아빠 나쁜 사람은 아니야."

정말 감싸 주려고 해도 어쩜 이러는지. 동정심이 5분도 채 가지 못하게 만든다. 이러니 내가 성질을 안 내고 버티겠느냐고.

"엄마! 그건 엄마 착각이야. 그런 남자는 사랑을, 됐어. 그만해."

나는 끝내 말을 마치지 않고 입을 다물었다. 내가 무슨 말을 한들 먹힐까?

갑자기 웬 헛기침 소리가 들렸다.

"저, 저기. 대화를 다 나눈 거라면 나 화장실 좀."

수연이 몸을 배배 꼬고는 벽에 요상하게 붙어 있었다. 얼굴도 시뻘건 게 오줌을 참고 있는 것 같았다. 하여간에 우리 얘기 엿듣느라 화장실도 안 갔나 보다.

"가면 되잖아."

"아니, 계속 문 앞에, 흐음, 있으니까."

수연은 우리가 문에서 비켜나기도 전에 우리 다리를 넘고 몸을 밀어 가며 화장실로 달려갔다. 그러고는 금세 방으로 들어왔다. 표정 한번 미치도록 밝다. 수연이 엄마 옆에 앉았다.

"저기, 배가 고프다능. 하하하."

엄마는 벌떡 일어나 상을 차려 왔다. 식당이라 그런지 밥 나오는 속도가 초고속이다. 콩나물을 넣은 김칫국에, 어묵볶음, 콩자반, 열무김치, 김. 조미료 때문인지 입에 착 감기는 맛이었다. 수연은 밥을 두 그릇째 먹고 있었다.

"이것도 맛있는데 계피 만둣국 또 먹고 싶다능."

"너희 계피만두 먹었어?"

엄마가 젓가락을 상에 내려놓고 몸을 수연이 쪽으로 틀었다. 둘은 흥분하면서 만두 맛에 대해 평가하기 시작했다. 코로 퍼지는 향이며 깔끔한 뒷맛이며? 어찌나 죽이 잘 맞는지. 누가 보면 둘을 모녀로 착각할 것이다. 만두로 시작한 이야기는 송대말 등대로 넘어왔다.

"그때 부모님께 너무 죄스러워서 인사도 못 한 게 늘 마음에 걸렸는데. 이렇게 오랫동안 고향에 못 갈 줄 알았나?"

수연은 제가 대신했다면서 꼴에 엄마를 위로했다. 나는 밥 먹는 거에나 집중했다. 엄마와 수연을 따로 상대할 때는 그래도 견딜 만했는데 동시에 두 명은 무리인 것 같았다. 눈알이 이리저리 돌아갈 정도로 정신이 혼미했다.

"쩜순이 아줌마가 아줌마 엄청 보고 싶다고 했다능."

"으응, 아까 전화하면서 얼마나 울고 짰는지."

나는 엄마가 쩜순이 아줌마에게 전화를 해 지금 이곳의 주소를 알려 줬다는 것을 알게 됐다. 내가 학교에도 안 가고 집에도 없는 사실을 알고 이리저리 전화를 하던 중 오늘 아침 정우 엄마에게서 내가 감포항에 갔을지도 모른다는 이야기를 들은 것이다. 엄마 말로는 나를 늘 지켜 볼 수 있는 데에 숨어 있는 게 좋을 것 같아 학교 근처에 있는 식당에서 일을 하는 거라고 했다. 그렇게 생각해 주려면 곗돈부터 건드리지 말았어야지. 곗돈을 생각하니 가슴 한편이 또 묵직해진다.

수연이 느닷없이 젓가락을 든 손을 흔들어 댔다.

"어쩐다능. 여기서 밥 먹은 거 못 찍었다능. 요즘에 왜 이렇게 트윗하는 걸 까먹는다능."

수연은 휴대폰으로 반찬이 반은 사라진 밥상을 찍었다. 그리고 글을 남겼다.

띠링. 체셔 고양이가 멘션을 남겼다. 수연이는 누구도 궁금해하지 않는 그 글을 소리 내 읽었다.

"오늘밤에 겨울비가 온대요. 우산 챙기고 빨리 조심히 집까지 가길."

"야, 그 아저씨 말이 좀 이상해. 빨리면 빨리고 조심히면 조심히지, 그 두 개를 왜 매번 같이 쓰냐? 어법이 좀 이상하지 않아?"

"나는 안 이상하다능."

"아줌마도 오드리 말 들어 보니까 좀 이상한 것 같네. 급하게 빨리하면 조심히 하기 어려우니까."

엄마까지 느낄 정도라니. 수연은 '빨리 조심히 집까지'를 계속 읽어 댔다. 아이씨, 괜히 건드렸어.

엄마가 인스타가 뭐냐고 묻는 바람에 겨우 수연의 입을 막을 수 있었다.

수연은 인스타에 담긴 사진들을 보여 줬다.

"여기는 감포항, 다음은."

"너희 능 미끄럼틀 탔어?"

나는 휴대폰을 뺏어 들었다. 내가 술 먹고 해롱거린 걸 찍었나 싶었는데 다행히 사진에 내 얼굴의 반 이상이 잘려 있었다. 수연이 도로 휴대폰을 가져갔다.

"여기서 대박이었다능. 어떤 나이 먹은 아저씨도 능 미끄럼틀 탄다고 생쇼를 부려서 윽!"

나는 수연의 입에 김 한 장을 넣어 버렸다. 아무튼 계집애가 생각이 없어. 그러다 경찰서까지 다 털어놓겠네. 내 입막음에 정신이 든 건지 수연은 다른 사진을 보여 줬다. 그런데 왜 나를 보고 윙크를 해?

띠링.

"아저씨 멘션이라능. 어? 나랑 똑같이 '능' 썼다능. '오드리, 수연 서울 잘 갔능?'"

"C.H.A.H.U.N. 차훈? 이름이 차훈이라는 거야?"

엄마가 휴대폰을 직접 들고 봤다. 수연은 가볍게 네,라고 답했다.

나는 엄마를 바라봤다. 엄마의 목소리가 분명 떨렸다. 눈의 초점은 흐트러지다 못해 알 수 없는 공간을 바라보는 듯 멍해졌고. 나는 이전에도 이런 표정을 봤었다. 혼자만이 갈 수 있는 세계로 들어가는 듯한 저 표정과 움직임 없는 모습까지. 그날 처음 봤던……
그러기에 나만 알아차릴 수 있는 모습이었다.

그런데 왜 '차훈'이라는 이름에 그런 표정을 지은 걸까?

갑자기 수연이 헥헥거리며 괴상하게 웃어 댔다.

"아저씨 진짜 웃기다능. 여기에 본명 쓰는 사람이 어디 있능? 별명이 생각 안 나면 차라리 좋아한다는 오드리 햅번으로 하지능. 참, 오드리라는 이름은 어떻게 하다가 지어 준 거라능요?"

엄마는 여전히 넋을 놓고 있었다. 그래도 이번에는 얕은 곳에 있었는지 수연의 말에 대답을 해 줬다.

"오드리 아빠가 좋아하는 배우가 오드리 햅번이었거든."

차훈 아저씨도 오드리 햅번 팬이라고 했는데. 바보같이 왜 이런 생각을 하는 거야? 세상에 오드리 햅번을 좋아하는 사람이 얼마나 많은데. 텔레비전, 영화, 책 등에 얼마나 많이 언급되는 배우인데. 존경하는 인물, 이상형으로 얼마나 많이 지목되는데. 혹시 너 아빠라는 존재가 그리워서 그런 거야? 만난 적도 없는데 그리울 게 뭐야? 그럼 감포항에서 이미지가 좋아서? 나는 고개를 절레절레 흔들었다.

그러나 생각이 멈춰지기는커녕 이상하게 단어들이 차례로 나열되기 시작했다.

의사, 첫사랑, 총알커피, 계피만두, 능 미끄럼틀……

나는 애써 그 단어들을 하나씩 지우기 시작했다.

9 _ 후 아 유?

내가 무언가를 기억한다는 것은 꼭 내가 많이 안다는 것을 의미하는 게 아닐지도 모른다. 특히 그 무언가가 사람일 때는 더욱이. 그럼에도 우리는 그 사람을 안다는 말을 쉽게 내뱉는다. '안다'가 담고 있는 범위는 어디서부터 어디까지일까. 그 안에는 오해도 포함돼 있을까.

나는 그렇다고 느꼈다. 내가 경주로 향했을 때, 감포항에 도착했을 때 그리고 서울로 돌아왔을 때. 그러나 '오해'를 발견하는 건 생각보다 두렵고 불편한 일이다. 지금껏 내가 오른쪽에서 하던 일을 모두 왼쪽으로 바꿔야 하는 것과 같으니까. 그리고 시간이 지나면 낯섦으로 가졌던 두려움이 서운함으로, 소외감으로 변하는 것을 느껴야 하니까. 나만 모르고 있었다는 사실을 깨달으면서.

그러니 무언가를 짐작한다는 건 참 허무한 일인 것이다. 내가 엄마를 향해 해 오던 생각들이 말이다. 그동안 나는 엄마를 알고 있으면서 모르고 있었던 것이다. 아직도 나는 엉킨 실을 그대로 안고 있을 뿐이다.

참, 이런 생각을 가진 건 나뿐만이 아니었다.

경주에서 돌아온 사흘 뒤, 내가 엄마와 아직 4호 식당에서 머물고 있을 때 수연이 나를 찾아왔다. 수연은 말끔해졌다. 점퍼도 경주에서 입던 게 아니었다.

수연이 근처 놀이터로 가자고 했다. 나는 터덜터덜 수연을 뒤따랐다. 엄마를 찾는 데에 도움도 줬으니 이 정도는 해 줘야겠지. 놀이터에 도착한 우리는 그네에 나란히 앉았다.

"밤늦게 왜 부른 거야?"

"오드리, 나 체셔 고양이를 봤어. 너 체셔 고양이 알지? 웃음이 먼저 들리고 나중에 얼굴이 나타나는 고양이 말이야."

'능' 자를 사용하지 않아서 좋다마는 이건 또 무슨 말이야? 그게 어쨌다는 거야?

"내 인스타의 체셔 고양이가 정말 체셔 고양이였어."

"좋겠네. 축하!"

너에 대한 내 보상은 여기까지다. 내가 그네에서 일어나려는 찰나 수연의 말이 나를 붙잡았다.

193

"너 잘 안다고 생각했던 사람이 갑자기 낯설게 느껴진 적 있어?"

다시는 볼 일이 없을 줄 알고 손도 잘 닿지 않는 구석에 밀어 둔 사진첩을 힘겹게 꺼내듯 수연은 말을 이어 나갔다.

수연은 내가 엄마와 투덜거리면서도 서로 옷깃을 여며 주는 등 사소한 것까지 챙기는 모습이 부러웠단다. 어쨌든 수연은 그때 부모가 아니라 체셔 고양이가 무척 보고 싶어졌다. 그래서 만나기로 결심하고 체셔 고양이에게 쪽지를 보냈다. '만나자능!' 여기서 나는 고개가 절로 저어졌다.

역시나 거절당했다. 한 달도 안 돼서 두 번이나 차이다니. 남자들은 나이대별 상관없이 여자를 보는 기준이 모두 얼굴이라고 하더니 수연의 몸매로는 얼굴이 커버되지 않나 보다. 그러나 여기서 멈출 수연이 아니다. 그때부터 폭탄 쪽지를 보내기 시작했다. 그 사람도 고집이 만만치 않은지 계속 거절했다.

수연은 어젯밤 마지막 쪽지를 남겼다. 나를 챙겨 주는 마음이 너무 고마워서 보고 싶은 거라고.

체셔 고양이는 오늘 아침 답장을 보냈다. 오늘 오후 7시에 만나자고.

수연은 제 얼굴을 아는 체셔 고양이가 자신을 찾을 수 있게 약속 장소에 미리 가 있었다. 수연이 인스타에 글을 남기느라 정신이 없을 때 한 남자의 목소리가 들렸다. 저는 체셔 고양이인데요. 수연은 고개를 들자마자 제 목숨보다 아끼는 휴대폰을 떨어트렸다. 남자는 쑥스러운지 그대로 서서 천천히 모자를 벗었다. 그리고 옅게 미소를 지었다. 수연은 입을 다물지 못했다.

"아……아, 빠."

말도 안 돼. 동시에 수연과 내 입에서 나온 말이다.

너무 놀란 수연은 남자, 아니 아빠의 움직임을 멍한 눈빛으로 쫓을 뿐이었다. 아빠가 머뭇대며 의자에 앉았다.

"많이 놀랐지? 나도 생각보다 당황스럽네. 내가 이래서 안 나오려고 했는데."

"왜 아빠가 체셔 고양이야?"

"네가 그 고양이를 좋아하는 것 같아서."

수연의 침대에는 수연이가 체셔 고양이로 이름을 지어 준 고양이 인형이 있다. 여기까지 들었다면 수연은 좀 놀랍지만 감당할 수 있는 일이라고 생각했다. 하지만 시작은 마음대로 할 수 있어도 멈출 수는 없는 게 말이라고 하니 이야기는 다른 이야기로 번져 나갔다. 바로 수연은 존재조차 몰랐던 제 오빠의 이야기로.

수연의 오빠는 수연이가 두 살 때 열다섯 살이라는 나이로 교통사고를 당해 죽었다.

수연은 왜 이제야 말하느냐고 따지는 대신 어떻게 15년이나 숨겼느냐고 물었다. 대단한 일이 아닌가. 기독교라 제사를 안 지내 친척들을 만나는 횟수가 적다고 해도 가족이었던 한 사람의 존재를 감췄다는 게.

"모두의 아픔이었으니까 아무도 들추기가 싫었던 거겠지. 그리고 사람들이 건들지 못 하게 엄마와 내가 늘 방어벽을 치고 다녔고."

수연은 숨겼던 그 일을 왜 지금 밝히려는지 궁금했다. 아빠는 모든 시나리오를 짜 온 듯 수연의 질문이 따로 필요하지는 않았다.

"솔직히 네가 만나자는 말을 안 했다면 평생 하지 않았을 거야. 그런데 너한테까지 우리가 방어막을 치고 대한 건 아닐까 하고 어제 엄마랑 함께 반성했어."

수연의 부모는 아직도 오빠의 죽음을 자신들의 탓이라고 생각한다. 학원 버스에서 아이를 죽게 한 부모. 사교육에 미쳐 날뛴 부모. 따뜻한 말 대신 공부 닦달만 한 부모. 미워서가 아니라 경쟁심이 없는 자식을 강하게 길러야겠다는 마음이 너무 앞섰던 것이다. 자신들이 겪어 본 바 사회는 결코 만만하지 않으니까.

"그 일이 있고 우리는 결심했어. 너의 모든 것을 존중하겠다고. 잔소리도 하지 않겠다고. 그런데 우리는 참 바보 같은 부모였어. 점점 너와 우리 사이가 멀어지는 걸 몰랐어. 두려움을 느꼈을 때는 이미 좁히기 어려울 정도로 벌어졌었지. 그러던 중 네가 인스타를 한다는 걸 알았어."

55세 아빠의 인스타. 그다음 내용은 수연에게 듣지 않아도 짐작할 수 있을 것 같았다. 수연이 궁금해서 들어가 본 인스타로 수연에 대한 걱정을 덜었겠지. 그동안 수연은 어땠을까? 제 엄마, 아빠가 궁금했을까?

지금 생각해 보니 체셔 고양이 별명이 딱 맞았다. 멘션으로만 보이다가 이제 얼굴을 드러냈으니.

수연이 정면을 보고 말을 하다가 고개를 내 쪽으로 홱 돌렸다.

"어떡하지. 나는 아빠, 엄마를 용서하고 싶지 않은데."

이 말을 한다는 자체가 이미 용서하고 있다는 거다. 멍충아!

"알아서 해."

나는 천천히 그네를 탔고 수연은 계속 말을 이었다. 아주 긴 말이었지만 요약하면 두 가지다. 오빠의 일로 가슴 아파하는 부모님이 불쌍하지만 나를 그동안 외롭게 만든 건 밉다고. 이 간단한 말을 넌 참 지루하게 오래도 한다. 나는 그네에서 일어났다.

"나 가게 문 닫기 전에 들어가 봐야 해."

수연과 헤어지고 나는 식당으로 혼자 걸어가며 하늘을 올려다봤다. 혹시 별이 떠 있나 싶어서다.

어! 작은 점만 한 별이 두 개 떠 있었다. 서울에도 뜨는구나.

그날 밤 나는 쉽게 잠들지 못했다. 수연의 말을 매몰차게 끊고 온 건 아닌가 싶어서다. 오빠의 이야기를 할 때는 훌쩍이기까지 했는데. 하지만 그 정도의 시간이면 수연도 하고 싶은 말은 다 했을 거다. 마음을 다잡고 옆으로 돌아누웠지만 잠이 오지 않았다. 오늘은 엄마의 코고는 소리가 거슬리지도 않는데.

수연도 잠을 못 자고 있겠지. 부모와 멀어지는 데에는 자신의 몫도 크다는 것을 알고 있을 테니까. 자신도 궁금해하지 않고 모른 척했다는 것을 느꼈을 테니까. 나처럼 말이다. 나에게 이런 말을 하는 이유가 나에게서 동질감이 생겨서라는 말 같지도 않은 소리만 안 했어도 이야기를 더 들어 줬을 텐데.

나는 억지로 눈을 질끈 감았다.

일주일이 지났다. 우리는 작은 옥탑방을 구했다. 식당 주인과 잘 아는 동네 할머니가 용돈이나 벌겠다며 싸게 내놓은 것이다. 그리고 엄마는 전세 보증금으로 날린 곗돈을 일부분 갚겠다는 계획을 세웠다. 당당하게 계획을 나에게 선포한 것과 달리 집이 나갈 때까지 계원 아줌마들을 피해 다니기로 했다. 엄마는 아줌마들 이야기만 나오면 몸을 부들부들 떤다.

"으~ 돈이라도 들고 만나야지, 그냥 만났다가는 큰일 날 거야. 엄마는 그 아줌마들 무서워."

"근데 거기에 나를 두고 혼자 도망갔어?"

"너는 애니까 그냥 둘 줄 알았지. 하여튼 너한테 한 것도 봐 봐. 인정머리가 눈곱만큼도 없다니까. 으~ 무서무서."

이렇게 겁 많은 여자가 서울에서 어떻게 혼자 살았대?

엄마에 대한 내 생각이 조금씩 변하고 있다는 것을 느낄 틈도 없이 나는 어떻게 곗돈을 다 해결할 것인가에 온 정신이 매달려 있었다. 일단 '동운증권 피해자 모임'이라는 인터넷 카페에 가입했다.

그러나 당장 돈을 받을 수 있는 방책은 없어 보였다. 어떤 기사에는 적어도 피해액의 80프로는 받을 수 있다고 했지만 그건 아주 긴 재판을 해야만 한단다. 불완전 판매로 소송을 해 동운증권의 사기가 입증돼야 한다는…… 휴―.

그래도 포기할 수는 없어 사람들이 적어 놓은 대로 청원 게시판에 글을 남겼다. 하지만 계원 아줌마들은 이런 내 노력에 분명 콧방귀만 뀔 것이다. 물론 말할 생각도 없지만. 말할 틈이 없다는 게 더 맞는 말일까?

늦은 밤, 우리는 아줌마들을 피해 삼익빌라 101호로 갔다. 이제 돈을 아껴야 하니 최소 짐이라도 챙겨 올 셈이었다.

엄마가 주섬주섬 주황색 옷가지들을 봉지에 넣고 있었다. 주황색 외투만도 한 열 벌은 되는 것 같았다.

"그 옷 좀 버려. 또 점에 미쳐 살 거야? 점쟁이 때문에 돈 날린 거 벌써 잊었냐고?"

"아니, 그건 그분이 내 손에 돈이 있으면 안 된다니까 난 증권 사람들한테 맡기라는 말로 오해하고."

"엄마!"

"버릴 거야, 지금 버려."

엄마가 한쪽에 둔 쓰레기 봉지에 드디어 주황색 옷을 버렸다. 나도 초록색이 들어간 옷과 가방을 버렸다.

띵동~

나는 초인종 소리에 가슴이 철렁 내려앉았다. 내 목소리가 너무 컸나? 엄마와 나는 말없이 서로의 눈치를 살폈다. 그때 밖에서 먼저 목소리가 들렸다.

"오드리~ 나 혼자라능."

수연? 다행이다. 나는 문을 열었다.

"우리 집 아니면 어떡하려고 능능거리냐?"

"틀릴 리가 없다능. 동네에 너희 집 모르는 사람 없다능. 아! 죄송해요, 아줌마."

엄마는 괜찮다며 방바닥에 늘어져 있는 옷들을 치우며 수연의 자리를 마련해 줬다. 둘은 내가 안 끼어도 전혀 어색하지 않았다. 수연은 내가 왔다 갔다 하는 게 음료수를 찾는 줄 알았나 보다.

"안 먹어도 돼능."

나는 봉지 터진 데를 붙일 테이프를 찾는 중이라고 말하지 않았다.

테이프를 꺼내고 나도 그 둘 곁에 앉았다. 그러자 수연은 사진을 보여 주겠다며 휴대폰을 우리 앞에 내밀었다. 사진은 오늘자 신문에 난 것으로 모자를 쓰고 마스크를 한 사람들이 저마다 피켓을 들고 있는 모습이 찍힌 거였다. 피켓에는 '김재현 살인마', '동운 직원 양심선언 부탁', '동운 사기' 등이 적혀 있었다. 낯선 단어들이 내 심장을 누르는 듯했다.

그렇게 사진을 멍하니 보고 있는데 수연이 갑자기 내 무릎을 가볍게 쳤다.

"사람들이 증권사하고 회장 집 앞에 가서 시위를 한다능. 우리도 가자능."

나도 그 생각을 안 했던 건 아니다. 하지만 당장 해결도 안 되는 일에 맹목적으로 매달릴 수가 없다. 엄마는 새 일자리를 구해야 하고, 나도 아르바이트를 해야 한다.

대답은 엄마가 대신했다.

"그럼, 얼마가 걸리든 해결 날 때까지 시위할 거야. 가만히 있으면 내 돈은 떼먹어도 되는 줄 알 거라고. 그 돈이 어떤 돈인데 다 받아야지."

엄마와 수연은 하이파이브까지 했다. 엄마 표정은 전쟁터를 나가는 장군처럼 결의에 차 보였다.

이제 둘을 말리는 건 포기.

수연은 짐 싸는 것을 도와주겠다고 했다. 짐이 단출해 괜찮다니까 엄마가 정성껏 만든 음식들이 아깝다면서 냉장고에 있던 먹을거리들을 봉지에 넣었다. 거기에는 아줌마들의 흔적인 오징어채와 땅콩도 섞여 들어갔다.

우리들은 옥탑방으로 돌아와 야식 같은 저녁을 함께 먹었다.

엄마의 신 메뉴 '땅콩짜장만두'. 3분짜장과 오징어채, 땅콩 그리고 계피만두를 섞은 건데 낯선 비주얼에 비해 맛은 나쁘지 않았다. 수연은 경주에서처럼 이번에도 눈을 뒤집어 까고 기절하는 척을 열댓 번도 더 했다.

"아줌마 손맛 정말 짱이라능. 이런 맛은 처음이라능. 나중에 꼭 같이 경주 가서 계피만두 먹자능."

적당히 해라, 좀.

"그래, 그런데 너 경주에서 만났다는 그 차훈이라는 사람 있잖아. 지금도 연락하니?"

엄마가 자연스럽게 만두를 떠먹으면서 한 말이었지만 달라진 엄마의 표정을 읽을 수 있었다. 순간적으로 변하는 엄마의 표정, 눈빛만은 내 예상을 빗겨 나가지 않았기 때문이다. 그런데 이상하다. 엄마는 방금 주문받은 메뉴도 자주 까먹을 정도로 기억력이 나쁜데 아직 아저씨의 이름을 기억하고 있는 게.

"앗! 맞다능. 요즘 연락이 없었다능."

수연은 밥을 먹다 말고 아저씨에게 쪽지를 보내겠다고 했다. 엄마는 말없이 땅콩 하나를 집어 먹고 있었다. 나는 왜 그게 궁금하냐며 물으려다 말았다. 이제 무엇이든 바로 물어보겠다고 엄마에게 말했고 엄마는 언제든 바로 답하겠다고 한 지 단 며칠도 지나지 않은 시점에서 말이다. 답을 알면 잘 풀 것 같은데 답을 알기에 그 문제를 나는 의심하고 있는 것이다. 혹시 내가 착각했으면 어쩌지. 어차피 아빠가 누구든 만날 생각은 없다. 엄마에게도 말했듯이 말이다. 풀로 붙인 봉투가 앞에 있다고 해서 꼭 열어야 하는 건 아니니까.

나는 빌라에서 챙겨 온 옷과 책을 봉지에서 꺼냈다. 옥탑방이 원룸이라는 것을 감안해 짐을 적게 가져왔는데도 정리가 잘되지 않았다. 이사만 네 번째인 나는 언제나 그랬듯 차차 짐들이 다 제자리를 찾아간다는 것을 안다. 하지만 집은 늘려 가는 거지 줄여 가는 게 아니라고 하는 어른들의 말을 실감하는 순간이었다. 그리고 또 하나를 알게 됐다. 풀로 붙인 봉투는 언젠가 뜯어진다는 것을. 지금 내가 누워 있는 방의 천장 도배지 끝이 너덜하게 된 것처럼.

겨울방학을 얼마 남겨 두지 않은 날 밤, 나는 뜻밖의 손님을 맞아야 했다.

"아저씨가 어떻게 여길?"

차훈 아저씨가 우리 집 계단을 올라오고 있던 것이다. 그 뒤에 수연도 있었다. 둘이 짓고 있는 표정은 무슨 의미를 담고 있는 거지? 시간이 갑자기 천천히 흘렀고 내 머릿속은 점점 멈춰졌다. 바로 내 앞에 선 아저씨는 휴지와 과일 바구니를 나에게 내밀었다. 나는 얼떨결에 받아 들었다. 수연이 내 앞에 세제 박스를 내려놓고는 평상에 철퍼덕 앉았다.

"이거 들고 계단 올라오느라 힘들었다능."

나는 그대로 서 있었다. 방에 있던 엄마가 인기척에 문을 열고 나왔다. 엄마는 먼저 내 주위에 있는 물건들에 정신이 쏠렸다.

"어머, 어머, 이거 다 수연이가? 어머! 누구세요?"

그제야 아저씨를 발견한 엄마는 현관문에 달린 전구를 켰다. 그때까지만 해도 수연의 아빠인가 했단다. 불이 켜지고 조금 밝아진 옥상에서 엄마는 아저씨를 알아봤다. "음마, 우짤꼬." 짧은 감탄사를 내뱉고는 집으로 쏙 들어가 버렸다. 현관문은 잠근 채. 몇 초 사이에 벌어진 일이었다.

우리 셋은 잘 나오던 동영상이 중간에 끊긴 것마냥 황당한 눈빛으로 현관문을 바라봤다. 내 뒤에 서 있는 아저씨의 표정은 보지 못했지만 내 등으로 그 시선이 느껴졌다. 아무튼 우리는 찬바람을 맞으며 옥상에 있게 됐다.

수연이 손가락으로 아저씨를 가리켰다.

"아저씨 춥다능? 또 떨기 시작했다능."

하지만 나는 지금의 상황을 정리할 수가 없어 어떤 말이나 행동을 하지 못했다. 추우니까 방으로 들어가실래요? 엄마가 문을 잠갔으니 다음에 오세요. 아니지, 왜 또 와야 하는데? 그보다 지금 왜 우리 집에 수연이랑 함께 온 건데? 나는 여전히 손에 휴지와 과일 바구니를 들고 있었다.

수연은 애교 섞인 말을 하며 문을 두드렸다.

"아줌마, 추워서 얼어 죽는다능. 문 열어 주세능."

엄마는 수연과 친하다면서 수연의 집요함을 모르나 보다. 한두 번 문을 두드리다 말 거라고 생각하겠지. 나도 처음에는 수연의 가벼운 말투 때문에 무엇이든 설렁설렁 대충대충 하는 애라고 생각했으니까.

수연을 모르기는 아저씨도 마찬가지였다.

"오늘은 너무 갑작스러울 테니까 다른 날 오는 게 좋겠어."

아저씨의 말에 수연은 들은 체도 하지 않았다. 아저씨, 수연은 딱 두 가지예요. 끝까지 물거나 신경 끄거나. 아저씨는 판단이 빨랐다. 어떤 말 대신 웃옷 하나는 수연에게, 또 하나는 나에게 입혀 줬다. 그러고도 니트 재킷이 남아 있다니. 정말 추위를 많이 타나 보다. 오드리, 지금 그런 생각이나 할 때가 아니야.

"아저씨 우리 집에 왜 온 거예요?"

아저씨가 메마른 입술을 앙다물었다. 그리고 얼마 있다 힘겹게 입을 뗐을 때 털컥, 문이 열렸다. 그러나 엄마는 보이지 않았다. 문 틈으로 새 나오는 훈기에 우리는 망설임 없이 안으로 들어갔다. 방에 앉고 보니 조합이 이상했다. 창문 아래에 있는 엄마, 그 왼쪽에 나, 냉장고 앞에 수연이 그리고 신발을 신은 채 방문턱에 걸터앉아 있는 아저씨.

엄마가 작게 마른기침을 했다.

"추운데 올라오세요."

아저씨는 조심스레 방으로 들어왔다. 밖은 정말 추웠다. 다른 때였으면 왜 문을 잠갔냐면서 엄마한테 화를 냈을 텐데 그럴 정신도 없었다. 언 몸이 서서히 풀렸을 때에는 작은 숨소리도 거북스럽게 느껴질 정도로 우리 넷 사이에서 도는 어색한 기운에 나도 모르게 등줄기로 소름이 돋았다.

이번에도 침묵을 먼저 깬 건 엄마였다.

"추위 많이 타면서 옷이 얇네요."

나는 여직 입고 있던 아저씨의 옷을 벗었다. 그리고 또 침묵이 흘렀다. 나는 내가 자리를 피해 주는 게 좋을 것 같아 수연을 데리고 나갔다. 수연은 나오자마자 문에 귀를 바짝 갖다 댔다. 어쩐지 순순히 따라 나오더라. 나도 어쩔 수 없이 그 옆에 섰다.

아저씨의 목소리가 먼저 들렸다.

"이럴 때는 어떤 말을 하는 게 옳을지 모르겠는데, 음, 수연이에게 이야기를 듣고는 빨리 와서 만나야겠다는 생각밖에는 들지가 않았소."

수연에게?

"헤어졌던 사람들이 만나 하는 말들을 어떻게 옳고 그름으로 판단할 수가 있겠어요."

엄마가 이런 말을 하다니. 나는 지금 엄마에게 감탄하는 것밖에는 할 수가 없었다. 둘의 대화로는 둘만의 과거인지, 그 안에 내가 끼어 있는지 잘 몰랐기에 섣부르게 어떤 행동을 할 수가 없었던 것이다.

"여전히 당신은 나보다 생각이 깊군요. 나는 수없이 생각했었소. 왜 우리가 함께하지 못한 걸까?"

"내가 떠났으니까요. 내가 없어야 당신이 교수님 딸과 결혼하고 훌륭한 의사가 될 수 있고."

"나도 처음에는 말없이 떠난 당신을 탓했지만 그게 전부는 아니었지. 그때 나는 사랑을 쉽게 분석할 수 있는 공식 정도로 생각했었소. 의학적으로 설명할 수 없는 영원한 사랑 따위 믿지 않았지. 그러나 정말 믿지 못한 건 나, 내 마음이었소. 내가 무엇을 원하는지도 모르고 있었으니까. 그러니 내가 하고 있는 게 사랑인 줄도 모르고."

"그때 훈이 씨가 말한 대로 첫사랑은 소낙비 같은 거예요. 느닷없이 왔다가 금세 사라지는 거. 소낙비가 내린 다음 하늘을 봐 봐요. 비가 언제 내렸냐는 듯이 금세 딴 얼굴을 하고 있잖아요."

"그건 내 오만이었소. 소낙비가 눈앞에서 사라졌지만 그 비를 보던 내 기억, 그때 가졌던 느낌들은 그대로 내 안에 남아 있다는 것을 너무 늦게 깨달았지. 그때의 아름다운 추억이 모여 오드리가 태어나고 밥을 먹고 말을 하고 걸어 다니고."

아저씨는 목이 메어 말을 잇지 못하는 것 같았다. 창문으로 얼핏 본 둘은 울고 있었다. 엄마는 바닥에, 아저씨는 두 손에 얼굴을 묻은 채. 내 눈시울도 뜨거워지고 있었다. 연신 흐르는 눈물을 수연이 보기 전에 얼른 손으로 훔쳤다.

나는 지금 듣게 됐다. 모른 척할 수 있으면 영원히 그러길 바라던 진실을. 언제나 궁금해하던 아빠를.

사람들은 알까? 늘 마주하고 싶었던 진실과 맞닥뜨렸을 때 자신이 한없이 작아진다는 것을. 그건 진실이 내 삶을 흔들 정도로 큰 사건의 실마리거나 예상치도 못한 뜻밖의 사실이라서가 아니다. 우리 모두가 느꼈듯이 이미 알고 있는 사실이기 때문이다.

아저씨가 엄마 곁으로 자리를 옮겼다. 그러고는 엄마에게 미안하다고 말했다. 그러면서 엄마의 상체를 들어 올려 줬다. 그러나 엄마는 여전히 고개를 푹 숙인 채였다. 그렇겠지. 누가 먼저 떠났든 둘 다 서로에게 상처를 준 격이니까. 잠깐의 대화로 그동안 엉킨 마음이 풀리지는 않겠지.

그리고 잠시 뒤 '윽!' 하는 외마디 비명이 들렸다. 나와 수연은 놀라 방으로 들어갔다.

"왜 그래요?"

이번에는 수연이 '윽!' 하고 놀란 소리를 냈다. 엄마의 얼굴로 조금은 짐작할 수 있을 것 같았다. 눈물로 번진 마스카라는 눈 주위를 판다처럼 만들었고 금세 통통 부은 얼굴은 코에 맞은 필러와 입술에 맞은 보톡스를 극대화시켰으며 얼굴은 전체적으로 붉게 달아올라 있었다. 한마디로 표현하기 난해한 얼굴이었다.

아저씨는 엄마의 등을 토닥였다.

"소리 질러서 미안하오. 좀 다른 얼굴을, 아니 그러니까 전과 달리 화장도 하니 좀 세련미가 있고."

애쓰신다.

엄마는 손으로 제 얼굴을 매만졌다.

"좀 달라졌죠? 이상해요?"

"아니, 정말 좋아. 예뻐. 아주 예뻐. 내가 보고 싶었던 얼굴이었어."

"정말요? 첫사랑을 다시 만나면 다들 후회한다던데. 그래도 눈은 손 안 댔는데."

"난 첫사랑인 동시에 마지막 사랑이기도 하니까."

쯧쯧. 수연은 지금 내 뒤에서 웃음을 참느라 생고생을 하고 있다.

정말 도민의 말대로 사랑은 당사자가 아니면 평가해서는 안 되는 걸까? 담담하고 울고 놀라고 웃고 거짓말하고 믿고 유치한 신파 같은……. 나는 더 이상 관여하지 않기로 했다. 내가 할 수 있는 영역이 아니니까.

나는 수연과 함께 방에서 나왔다. 우리는 자연스럽게 정류장을 향해 걸어갔다.

"오드리, 아빠 만나니까 어떠능?"

"글쎄, 드라마처럼 감정이 격해지는 건 없어. 좀 당황스러운 정도. 내가 생각하기에 드라마 속 주인공들은 완전 오버하는 것 같아. 불편할 정도는 아니고 그냥 나쁘지 않은 정도."

"하긴 드라마는 픽션이잖능."

"엄마가 미리 말해 줬으면 더 좋지 않았을까?"

"귀가 다 나타날 때까지는 체셔 고양이에게 어떤 말을 해도 소용

없다능. 적어도 들을 수 있는 한쪽 귀라도 나타날 때까지는 기다려야 한다능."

"무슨 말이야? 내가 체셔 고양이라는 거야? 아니면 엄마가?"

수연은 어깨를 들썩였다. 표정을 보니 저도 모르는 것 같았다. 네가 남다르다는 걸 내가 순간 잊었다.

"참, 너 근데 어떻게 아저씨를 우리 집에 데려온 거야?"

수연은 자신을 이제 눈치 백 단이라고 부르라고 했다. 엄마는 수연이 우리 집에 올 때마다 차훈 아저씨와 연락하느냐고 물었단다. 처음에는 대수롭지 않게 넘어가다 점점 묘한 기류가 흐르고 있다는 것을 느끼게 됐고 그즈음 찜순이 아줌마, 차훈 아저씨, 나와 엄마의 모든 이야기를 종합한 결과 작대기가 저절로 그어졌다는 것이다. 이렇게 시간이 걸린 건 아저씨가 외국으로 세미나를 갔다 왔기 때문이란다.

여기서 고맙다는 말을 해야 하는 거겠지?

꺄악!

난데없이 수연이 소리를 질렀다.

"도민 오빠한테 문자 왔다능. 내일 보자고 하능."

내일 본다고? 도민이 정말 수연에게 관심이 있던 걸까?

"그때 경주역에서 무슨 일 있었어?"

"비밀! 아직은 말 못 해 준다능."

쳇, 치사하다. 나도 별로 궁금한 건 아니다. 그저 예의로 질문한 거지.

그리고 우리가 버스 정류장에 도착하자 까만 하늘에서 하얀 눈이 내리기 시작했다. 고운 얼음 가루 같은 눈이 말이다. 우리는 약속이라도 한 듯 동시에 서서 하늘을 향해 손을 펼쳤다. 그리고 눈이 주는 미세한 차가움을 느꼈다.

"첫눈이다능."

나는 분위기를 깨고 싶지는 않았지만 왠지 바로잡아야 할 것 같았다. 그래서 첫눈은 얼마 전에 벌써 내렸다고 말해 줬다. 그러자 수연이 바로 한마디를 덧붙였다. 나는 그 말을 듣고 아무 말도 못 했다.

"우리가 처음 같이 맞는 눈이니까 우리한테는 첫눈 아니능?"

지금 이 순간 수연이 더 가깝게 느껴지는 이유는 뭘까? 감포깍지길에서보다 더 의지가 되고.

그러나 그 분위기는 금방 깨지고 말았다. 그래서 아까부터 하려고 준비했던 말도 못 했다. 이건 인정한다. 내 성격 때문이라는 것을.

버스 전광판에 수연이 탈 버스가 2분 뒤에 도착한다고 했을 때였다.

"이제 버스 온다능. 빨리 조심히 가라능."

"그거 너희 집 입버릇인가 봐. 빨리, 조심히 같이 쓰는 거. 어법에 안 맞는 거 알지?"

211

"너희 집도 입버릇 있다능. '좀좀' 쓰는 거. 아, 그리고 어데, 하는 사투리 억양도 있다능."

"아니거든. 우리 엄마 사투리 흥분할 때밖에 안 써. 나는 완전히 표준말이고."

발끈한 수연은 가래이, 하는 사투리 인사로 나를 한 방 먹이고 버스에 올라탔다. 나는 피식하며 웃음을 터트렸다. 나중에 안 사실이지만 서울 사람이든 아니든 누구나 '좀'과 '빨리, 조심히'를 많이 사용하고 있다는 것이다. 그렇기 때문에 집안의 특징이나 버릇이라고 할 게 없는 것이다. 그러나 우리는 특별하지 않은 그것으로 우리를 가족과 연결 짓고 있었다.

이번 여행으로 낯설고 불편했던 수연이 참 편해진 것 같았다.

익숙한 사람들을 낯설게 다시 만나고 낯선 사람들을 익숙하게 새로 만난 여행길이었다.

나는 누군가를 만나는 과정은 서로에 대한 정보를 획득하는 것일 수도 있지만 그보다 궁금증이 늘어 가는 과정이 아닐까 하는 생각이 문득 들었다. 아직도 나는 묻고 싶은 말이, 듣고 싶은 말이 많으니까. 엄마에게, 수연에게 그리고 아저씨에게······.

아저씨에게는 이것부터 먼저 물어봐야겠다.

왜 딸을 낳으면 '오드리'로 짓겠다고 해서 나를 고생시키느냐고.

10 _ 짧은 방학

    아침 11시. 늦잠을 잤다. 예전에는 일요일에도 7시면 일어났는데 옥탑방으로 이사 오고 계속 늦잠을 잔다. 이유는 모르겠다. 아직 제대로 해결된 건 아무것도 없다. 요즘 그냥 창문으로 들어오는 햇볕이 너무 따뜻하다. 가끔 문틈으로 들어오는 바람 때문에 코끝이 시릴 때도 있지만.

    아, 따뜻하다.

    눈을 떠 보니 엄마는 만두를 빚고 있었다. 엄마의 월례 행사다. 나는 만두를 빚고 있는 엄마의 모습을 가만히 바라봤다. 그러다 엄마와 눈이 마주쳤다.

    "오드리, 내일 개학인데 늦잠 습관되면 어떡해?"

    "학교는 안 늦어."

"배고파? 만두 넣어서 좀 끓여 줄까?"

"아니, 이따가 먹을래. 오늘 아저씨 만날 거야?"

"응. 왜? 넌 엄마가 아저씨랑 데이트하는 거 싫어?"

"아니, 근데 예전에도 둘이 데이트해 봤어?"

"그럼. 첫 데이트 얘기해 줄까? 아저씨가 여름방학 때 감포항으로 의료봉사 처음 왔을 때였어."

〈수옥과 훈의 첫 데이트〉

책 보는 소녀상 앞에서 수옥이 커피를 타고 있었다. 훈은 솜사탕을 기다리는 아이마냥 커피에서 눈을 떼지 못했다.

"오늘도 총알커피 못 마시는 줄 알았는데."

수옥은 아침마다 감포초등학교에서 의료봉사를 하는 이들에게 커피를 타 주러 간다. 작은 수레를 끌고 다니며 커피 장사를 하는 수옥이 제 나름의 방식으로 그들에게 고마움을 표시하는 것이다. 지금도 교실에서 커피를 타 주고 나오는 길이었다.

"계속 저만 못 마셨던 거 알아요? 오늘은 꼭 먹으려고 이렇게 따라온 거예요."

수옥이 김이 모락모락 나는 커피를 내밀었는데도 뜨거운 볕이 무색할 정도로 훈은 금세 한 잔을 비웠다.

"전 추위를 많이 타서 그런지 여름에도 따뜻한 거 먹는 게 좋더라고요. 커피 얼마예요?"

"서울 의사 선생님들 수고하셔서 그냥 드리는 거예요."

"저는 늦어서 따로 먹은 거잖아요. 그러니까 돈 받아야 해요."

돈을 안 받겠다는 수옥과 몇 번의 실랑이를 한 뒤 훈은 수옥이 가는 감포시장까지 수레를 밀어다 주겠다고 했다. 수옥도 더는 사양할 수가 없어 알았다고 했다. 처음에 수옥은 혹여나 동네 사람들이 볼까 봐 신경이 쓰였으나 이내 자연스럽게 훈과 이야기를 나누며 걸었다. 수옥이 왜 심하게 사투리를 안 쓰는지, 커피 장사는 어떻게 하는지, 훈이 왜 그동안 수옥이 나눠 주는 커피를 못 마셨는지, 둘의 성이 똑같이 차 씨라는 것을 아는지 등의 가벼운 질문들을 서로 건네고 답하며 말이다.

바닷길이 나오자 훈은 수레를 잠깐 멈췄다.

"여기 바다의 파도 소리는 다른 데보다 더 좋은 것 같아요."

"감포항 바다에는 종이 있거든요."

수옥은 자신이 옛이야기처럼 들었던 걸 훈에게 전해 줬다.

신라 시대 때 큰 종을 싣고 가던 배가 감포 바다에서 침몰했다. 그래서 파도가 칠 때면 바닷속에 가라앉아 있는 그 종이 울려 파도 소리가 아니라 종소리가 들린다고 감포 주민들은 믿고 있다. 실제로 파도가 심하게 칠 때 종소리를 선명하게 들었다는 사람도 여럿이다. 또 덕분에 좋은 일이 생겼다는 사람도 있고.

훈은 성날이냐며 두 손을 동그랗게 모아 귀에 대고 파노 소리에 집중했다. 순간 그 모습에 수옥은 풋, 하고 웃음이 나왔다. 그러면서도 또 훈이 놀라고 재미있어할 게 동네에 뭐가 있을까 하고 궁리했다.

"저기, 갈매기 밥 줘 봤어요?"

"아니요."

수옥은 훈에게 커피 수레를 끌고 바닷가로 가 기다리라고 했다. 잠시 뒤 새우깡을 가져올 거라는 훈의 예상을 뒤집고 양동이를 들고 왔다. 훈은 수옥에게서 양동이를 받아 들고 주책없이 헛구역질을 하고 말았다.

"괜찮아요? 여기 갈매기들은 참가지미 내장을 먹어요."

감포읍은 말린 참가지미가 유명한데 건조할 때 부패가 안 나게 하려고 내장을 모두 뺀다. 그래서 생선 손질을 하는 날은 갈매기들이 포식을 하게 된다.

훈은 어느새 비린내에 익숙해졌는지 수옥을 따라 바닷길에 쭉 내장을 뿌렸다. 그러고는 큰 바위 뒤에 숨었다. 그러자 셀 수 없이 많은 갈매기들이 날아와 먹이를 먹기 시작했다. 한두 마리씩 차례로 내려와 먹이를 먹고 한 번에 휙- 하고 날아가는 모습이 장관이었다. 하늘에 하얀색으로 붓 칠을 하는 것처럼.

그런데 감탄할 줄 알았던 훈이 연신 웃어 댔다. 갈매기의 꽁무니가 웃긴 건지, 까악거리는 소리가 재미있는 건지 알 수는 없었다.

216

옆에 있던 수옥의 상황도 마찬가지였다. 그렇게 한바탕 웃고 나서도 둘은 왜 웃었느냐고 묻지 않았다. 아니, 물을 필요도 없는 것 같았다. 지금 질문을 하는 건 팔에 깁스를 한 사람에게 어디를 다쳤느냐고 묻는 것처럼 의미 없는 일일 테니까.

웃음이 잦아들 즈음 수연은 또 재밌는 놀잇거리를 생각해 냈다.

"경주 시내에 능이 있는데 거기서 능 미끄럼도 탈 수 있어요."

"와, 진짜요? 재밌겠다. 우리 내일 갈래요?"

둘은 다시 웃기 시작했다.

퉁! 퉁! 퉁!

엄마의 첫 데이트 이야기를 다 듣기도 전에 누군가 옥탑방의 철문을 거칠 게 두드렸다. 사람의 촉은 참 무섭다. 그 두드림 하나로 엄마와 나는 직감했다. 하지만 문을 잠그기에는 턱없이 부족한 시간이었다. 결국 문이 덜컹 열리고 말았다. 그러자 아줌마들이 방안으로 우르르 쏟아져 들어오기 시작했다. 놀란 나는 이불을 안은 채 벽으로 붙었다. 엄마는 양팔을 벌린 채 내 앞에 섰다.

"미안해요. 사정이 있었어요. 내가 그 돈은 밤낮으로 일해서 갚을게요. 그리고 빌라에서."

"도망간 년 말을 어떻게 믿어? 우리가 못 찾을 줄 알았지?"

깡마른 아줌마가 만두를 밟으며 엄마에게로 성큼성큼 걸어와 엄마의 머리채를 확 잡았다. 그건 아줌마들에게 신호와도 같은 거였다. 아줌마들은 쉴 새 없이 우리 집에 있는 물건들을 집어던지고 엄마의 멱살을 잡고 흔들어 댔다. 나는 말리다 옷을 뜯기고 쨍그랑, 우당탕탕, 악악거리는 비명에. 나 혼자 있었을 때 보여 줬던 아줌마들의 모습은 천사였다. 갑자기 니트 아줌마가 한 손으로 내 얼굴을 잡았다. 그러자 엄마가 내 얼굴을 감싸 안았다.

"오드리 얼굴은 안 돼. 상처 나면 팔자 바뀐다고."

"뭐라고 지껄이는 거야? 오늘 그냥 팔자 한번 끝내 볼 거야?"

엄마가 아줌마들에게 기름을 부었다. 그냥 미안하다고, 꼭 갚겠다는 말이나 열심히 할 것이지. 아줌마들은 우리를 싸잡아 패기 시작했다. 중간중간 정신을 잠깐씩 잃은 것도 같았다. 시간이 얼마나 흐른 건지. 헝클어진 머리에 앞이 제대로 보이지 않았다. 머리를 뒤로 넘길 힘도 없었다. 그저 밀면 밀리고 때리면 맞고 엄마가 맞으면 말리고 정신없이 좁은 방을 엄마와 나 그리고 아줌마들이 휘젓고 있었다. 앨리스가 자신이 흘린 눈물로 만들어진 눈물 바다에서 허우적대는 모습이 이런 꼴일까. 아닐 것이다. 이렇게 추하지는 않을 것이다.

탕탕탕.

누군가 쟁반으로 싱크대를 두드렸다.

"그마~~~안! 당신들 뭐야?"

아저씨다. 아저씨가 엄마와 나를 끌어안았다. 끝난 건가? 하지만 내 예상은 빗나갔다. 이번에는 뚱뚱한 니트 아줌마가 앞장섰다.

"이 새끼는 또 뭐야? 상관없는 인간은 빠져."

아줌마가 양손으로 아저씨의 가슴팍을 부여잡았다. 그리고 힘껏 밀쳤다. 맥없이 내팽개쳐진 아저씨는 허리를 붙잡으며 일어났다. 아줌마들의 드셈을 이제 알아챘는지 목소리가 한풀 꺾여 있었다.

"자자, 아니 어른들이 애도 있는데 왜 이러십니까? 애가 뭘 배우겠어요? 흥분 좀 가라앉히시고."

"흥분 안 하게 생겼어? 이년들이 어떤 년들인데."

"그런 험한 말도 마시고. 뭐 돈이라도 떼어 먹었습니까?"

정답이다.

아저씨는 아줌마들에게서 짤막한 자초지종을 듣게 됐다. 차수옥 곗돈 890만 원 갖고 튐.

내가 사인이 담긴 각서를 아줌마들에게 넘겼듯 아저씨는 사진이 박힌 의사 명함을 넘겼다. 이번에도 효과는 있었다. 엄마는 겨우 흥분을 가라앉힌 아줌마들에게 전세 보증금이 나오면 먼저 갚으려고 했다고 말했다. 한바탕 소란을 피운 아줌마들은 씩씩거리다 집을 나갔다. 아저씨가 보증 선 게 마음에 들었는지, 엄마의 보증금이 마음에 들었는지 정확히 모르겠지만 일단 오늘은 끝났다.

하아.

겨우 숨을 내뱉었다.

나는 방바닥에 폭탄처럼 터진 만두소도 치우지 않고 그 위에 쓰러지듯 누워 버렸다. 도미노마냥 엄마와 아저씨도 차례로 누웠다.

나는 아저씨한테 어떤 말도 하지 않았다. 사람이 너무 당하면 창피하다는 감정조차 생길 기력이 없는 건가. 그래도 고맙다는 말은 해야 되는데. 지난번 감포에서 서울 올 때도 못 했는데. 지금은 안타깝게도 그럴 말할 기운도 없다.

나는 그대로 눈을 감았다. 햇볕은 여전히 따뜻했다. 나는 얼굴에 햇볕이 닿도록 몸을 살짝 움직였다. 그러다 쿵, 아저씨와 머리를 부딪혔다.

"앗! 고마워요."

말이 잘못 나왔다. 내가 정신이 정말 없나 보다.

하하, 엄마가 웃기 시작했다.

그러자 아저씨도 하하, 웃었다.

그냥 나도 따라 웃었다.

그렇게 마지막 방학이 지나가고 있었다.

다시 1 _ 아이스크림

우리는 엘리스가 토끼 굴을 빠져나오듯 경주를 떠났다.

나는 마지막 마침표까지 찍고 컴퓨터 자판에서 손을 뗐다. 그러고는 선풍기를 얼싸안았다.

"하아, 글 쓰는 건 보통 일이 아니야. 가만히 있어도 손이 계속 떨리잖아. 으윽~"

고2의 1학기를 글을 쓰며 보냈다. 드디어 완성을 하다니 기운이 있었다면 감동의 눈물을 흘렸을 거다. 나는 한숨 자고 프린트할 생각으로 방바닥에 누웠다. 그러고는 몇 초 만에 벌떡 일어났다. 아직 소설 제목을 짓지 못해서다.

내일이 공모전 마감인데. 경주 여행? 계피만두? 이상한 나라의 앨리스처럼 '이상한 경주의 오드리'? 그냥 경주? 오드리? 휴-. 제목 정하는 게 빈 원고지 700매를 채우는 것보다 더 어렵네.

하긴 소설 내용은 내가 작년 겨울방학 동안 겪은 일에 창작을 섞은 거지만 제목은 내가 오롯이 새로 만들어야 하는 거니까. 치, 그래도 자료가 몇 개 없어 쓰기 힘들었던 것들도 다 썼는데. 으윽, 제모옥~.

그런데 갑자기 웃음이 나왔다. 내가 그 일들을 진짜 다 겪었나 싶어서다. 너무 순식간에 많은 일들이 펑펑 터지긴 했다. 느닷없이 오드리와 경주로 떠나고 경찰서에서 하룻밤을 보내고 오드리의 아빠를 만나고 쳐서 고양이가 우리 아빠였다는 것까지 알게 되고. 그래도 그중 최고는 내가 운명의 남자, 김도민을 만났다는 사실이 아닌가 싶다. 만약에 경주에서 돌아온 다음 도민의 문자를 받지 않았다면 나는 그 일들을 꿈이라고 생각했을 것이다.

아저씨를 오드리의 옥탑방에 데려다주던 날 도민 오빠에게서 문자가 왔다. 경주에서 돌아온 지 거의 한 달이 다 됐을 즈음이었다.

– 내일 잠깐 볼 수 있어요?
– 당연하다능^^

우리는 대학로에 있는 어느 커피숍에서 만났다. 평일 낮이라 그런지 사람들이 거의 없었다. 나는 도민 오빠와 마주 앉아 있으면서 계속 내 외모가 신경 쓰였다. 서울에서 본 오빠의 얼굴은 이목구비가 더 또렷해 보여 멋있었기 때문이다. 경주역에서 오빠한테 그 말을 하지 말 걸 후회가 됐다.

"저 경주에 와서 잘 씻지 못해 추레한 거지, 서울에 가서 좀 꾸미면 이 얼굴 아니에요."

그러나 그때의 '이 얼굴'과 지금의 얼굴은 가장 주관적일 수밖에 없는 내가 봐도 별 차이 없었다. 오빠의 시선은 계속 제 앞에 있는 컵에만 고정돼 있었다. 실망했을까? 오빠가 헛기침을 했다. 순간 나는 나도 모르게 흐음, 소리를 따라 냈다. 여성성을 표출해도 모자랄 판에 이러고 있다니.

"그때 감기 아직 안 나은 거 아니에요?"

"으음, 그런 것도 같다능. 으음."

감기는 무슨. 그때 오빠가 챙겨 준 밥과 약을 먹고서 감기는 나은 지 오래다.

오빠가 고개를 천천히 들어 나를 바라봤다. 이제 무슨 말을 하려나? 쿵쿵. 내 심장이 뛰는 소리가 귓속을 가득 채웠다. 찬찬히 땀이 손에 차오르고 몸이 떨렸다. 나는 손을 허벅지 아래에 넣고 다리를 의자에 바짝 붙였다.

"연락이 너무 늦었죠. 미안해요. 그날 경주역에서 했던 말에 대해 많이 생각해 봤는데요."

오빠는 분명 '봤는데요'라고 말했다. 느낌이 부정적이다.

서울로 올라가기 위해 경주역에 도착하자마자 나는 오드리에게
먼저 기차에 타라고 했다. 그러고는 오빠를 역사 앞에 있는 벤치로
데려갔다.

"왜 나 안 깨우고 아침에 몰래 밥하고 약만 두고 갔냐능?"

"감기에는 많이 자는 게 좋거든요."

"오빠는 내가 어제 고백한 거 생각해 봤능?"

오빠는 말이 없었다. 장난으로 생각했나? 내가 운명이라고 생각
하고 처음 고백이라는 걸 한 건데.

"저 진심이었다능. 가볍게 생각하지 말라능."

"그럼 조금만 시간을 줄래요."

우리는 잠깐 동안 서로의 눈을 바라봤다. 서울행 기차가 출발한
다는 안내 방송에 벤치에서 일어나 헤어졌다. 그리고 오늘 이렇게
다시 만난 것이다.

도민 오빠가 조심스럽게 헛기침을 했다.

"처음에 나를 좋아한다는 말을 듣고 설렜던 건 사실이에요. 밝고
뭐든지 거침없이 말하는 수연 씨가 좋아 보였으니까요. 그런데 걱
정이 앞섰어요. 그냥 호기심에 말한 걸 내가 너무 심각하게 받아들
이는 건 아닐까 하고. 제 별명이 '거침없이 진지'라. 그리고 수연 씨
가 말한 게 진짜일까 의심도 됐고요. 우연히 본 나를 운명이라고

생각한 게 외모, 긁듯이 머리를 넘기는 거, 다시 경주에서 만난 거라고 하니까. 충분히 그런 사람들은 통계학적으로 지구상 어딘가 존재하고 또 우연히 만날 수 있는 확률이 있는데 그때마다."

"잠깐!"

나는 오빠의 말을 끊어야 할 것 같았다. 확률을 따지며 사랑을 이론적으로 계산하려는 남자. 어디에서 본 것 같아서다.

"오빠! 지금 망설이고 마음 숨기면 17년을 후회하게 된다능. 나처럼 간단하게 말하라능. 만나고 싶다능!"

와-, 어디에서 이런 용기가 나온 거야? 심장은 여전히 뛰고 있었다. 얼굴은 달아오른 지 오래고. 그래도 누군가 결정을 해야 할 것만 같았다. 예전에 할머니가 돌아가신 할아버지에 대해 말했던 게 생각이 났다.

"남편이 한량이니 내가 독하게 안 변할 수가 있나. 자식 키우려면 악착같아져야지."

'오빠가 매사 조심스러우니 내가 강하게 밀어붙일 수밖에. 사랑을 지키기 위해 내숭은 잠시 접는 걸로.'

오빠의 눈이 휘둥그레졌다. 여기서 나는 한마디 더 했다.

"말 못 하겠어능? 그럼 눈이라도 깜빡여 보라능."

끔뻑. 오빠가 눈을 깜빡였다. 귀여워 미칠 것 같았다. 나는 오빠의 볼을 살짝 꼬집었다. 오빠는 쑥스러운지 고개를 옆으로 뺐다. 나는 웃음이 나오는 걸 참느라 고생했다. 진작 이렇게 역할을 정했어야 했는데 우리 둘이 더 추억을 쌓을 수 있는 시간이 아깝게 훌쩍 지나가 버렸다. 내가 오빠를 너무 몰랐던 것이다.

그날 이후, 우리는 수시로 문자하는 사이가 됐다. 훅 가까워졌다고나 할까.

– 오빠♡ 오늘 우리 만나요 ☞☜

– 토요일에 보기로 했잖아요. 오늘은 학원에 가야 하는 날^^

오빠는 아직도 존댓말을 하고 있으며 내 학업에 방해가 되니 일주일에 한 번씩 만나야 한다는 약속을 5개월 동안 어기지 않고 있다. 내가 오빠네 학교로 찾아갔을 때도 나를 다시 학원에 데려다줬으니까. 이 정도는 내가 맞춰야겠지.

아! 그런데 제목은 뭐로 정하느냐고–. 휴~ 일단 오드리나 만나러 가야겠다.

오늘 오드리가 계피만두를 넣은 라면을 끓여 주겠다고 옥탑방으로 초대했다. 말로는 냉장고 청소를 해야 해서 음식을 치워야 한다나. 하여튼 오드리 화법은 정말 특이하다. 가만 보면 4차원이라니까.

우리는 만두라면을 푸지게 먹고 싱크대에 설거지를 쌓아 둔 채 방에 벌러덩 누웠다.

"배부르다. 난 너희 집만 오면 폭식해. 음식에 손맛이 있는 것도 아닌데. 하하.”

“인정! 근데 너 요즘 왜 말끝에 ‘능’ 안 붙여? 능에서 인생의 2막이 시작됐다더니.”

“아아, 내 인생은 도민 오빠로 다시 시작! 오빠가 수능 볼 때까지는 쓰지 말래. 입버릇되면 나중에 수능 면접 볼 때 실수한다고.”

“고2인데 벌써 수능 면접을? 그리고 면접 보는 학교도 거의 없는데.”

“원래 생각 많은 게 매력이잖아. 그런데 넌 왜 엄마 따라 밥 먹으러 안 갔어?”

오드리는 발로 선풍기를 내 쪽으로 돌려 주고는 별말을 하지 않았다. 나는 선풍기를 회전시켰다.

“너 왜 엄마랑 아저씨랑 같이 밥 먹을 때마다 나 부르냐? 맛있는 거 사 줄 텐데 따라 나가지.”

“그냥 어색해서. 아직 아빠라는 생각보다는 그냥 엄마의 남자 친구? 뭐, 그런 느낌이야. 너무 오랫동안 떨어져 살아서 그런지.”

나는 누운 채로 몸을 오드리에게로 돌렸다.

“엄마의 남자 친구? 하긴 같이 살고 있지도 않으니까. 요즘 아줌마 보면 연애하는 사람 같기는 하더라.”

오드리는 아직 아저씨를 아빠라고 부르지 않는다. 어느 순간 자연스러워질 때 부르면 된다면서 재촉하는 사람도 없다. 아줌마와 아저씨의 관계도 17년이라는 애달팠던 세월을 보낸 것과 달리 간

단명료하고 유쾌했다.

둘은 연애를 다시 시작했다. 서로에 대해 더 느껴 보고 알아 간다음 결혼할지를 결정할 거란다. 아저씨가 아줌마에게 미안한 마음으로 빚을 갚아 주겠다고 했으나 연애할 때는 돈거래를 하지 않겠다면서 아줌마가 거절했다. 대신 아줌마는 아저씨 덕분에 성형외과 코디네이터로 취직을 했다. 관상을 함께 봐 줘서 인기란다. 쉬는 날에는 아저씨와 데이트를 하거나 증권사 앞에 시위를 하러 간다.

오드리가 수박화채를 가져왔다. 나는 빵빵해진 배를 겨우 안고 바닥을 기듯이 몸을 일으켰다.

"배불러도 여름밤에는 수박을 의무적으로 먹어 줘야겠지?"

"많이 먹어야 힘내서 글 쓰지. 그런데 너 무슨 내용인지 말 안 해 줄 거야?"

"어? 미완성이라."

아직 오드리에게 우리가 경주에 갔다 온 이야기를 소설로 쓴다고 말하지 못했다. 오드리가 화를 낼까 봐서가 아니다. 물론 처음에는 이런 마음이 아예 없던 건 아니었다. 그러나 쓰면 쓸수록 오드리에게는 나중에 보여 주는 게 더 좋을 것 같다는 생각이 들었다. 내 소설 속 오드리는 분량 안에서 생각을 정리하고 마지막 행동을 하지만 지금 내 옆에 있는 오드리는 아직도 수많은 물음표를 끌고 다니며 생각을 정리하는 중이기 때문이다. 그런 오드리의 생각에 내 글이 방해를 할까 봐 걱정이 돼서다. 나도 생각 깊은 도민 오빠를 닮아 가는 건가? 너무 오버인 것도 같고.

"야! 무슨 생각을 그렇게 하냐? 너 공모 마감일 내일이라고 하지 않았냐고?"

"어? 어."

"이러다 꿈 또 바꾸겠다. 연예인에서 금세 소설가로 갈아타더니."

"아니야, 바뀌더라도 소설 완성해서 공모전에 낼 거야."

"또 바꾼다고?"

"그럴 수도 있지. 아직은 도민 오빠를 제외한 모든 것에는 확신이라는 게 안 서. 내가 어떤 생각을 하는지도 헷갈릴 때가 많다니까. 그러는 넌 꿈이 뭐야?"

나? 하고 오드리가 되물었다. 나는 고개를 끄덕였다. 매년 초 생활기록부에 장래 희망을 적으면서 뭘 새삼스레 놀라지?

"글쎄…… 예전에는 꿈이 내가 엄마를 감당할 수 있는 거였어. 그런데 요즘은 엄마 옆에 아저씨가 있으니까 집도 조용하고 하니까 여유가 생겼다고 할까? 전에는 내가 어떻게 생겼는지도 몰랐던 것 같아. 정말 볼 새가 없었어. 근데 지금은 내 모습이 보여. 이 말 너 이해돼? 그렇다고 꿈이 뭐다 하고 정해진 거 아니지만."

나는 오드리에게 더 묻지 않았다. 나도 매번 마음과 행동이 수시로 바뀌는 내가 누군지 잘 모르겠으니까.

그래도 궁금하다. 오드리는 어떤 직업을 갖게 될까? 아줌마는 오드리에게 아저씨처럼 의사를 하라고 하던데. 오드리도 은근 분석하고 따지는 걸 좋아하는 걸 봐서는 그것도 어울리기는 하다. 나는 어떤 스타일이지? 소설 속에 그린 내가 정말 내 모습일까? 비슷한 면이 있기는 하지만 모르겠다.

그런데 꿈이라는 게 어떤 직업이 아니어도 좋을 거는 같다. 자신이 이룬 가정일 수도 있고 자기 자신이 될 수도 있고 어떤 책일 수도 있고. 아니, 나처럼 자주자주 꿈이 바뀌는 것도 좋을 것 같다. 늘 새로운 무언가를 하는 삶도 흥미롭게 느껴지니까.

정말 오드리 말대로 나는 소설가에서 또 다른 꿈을 꾸게 될까? 아니면 계속 글을 쓰게 될까?

나는 수박화채 그릇을 들고 국물을 다 마셨다. 그리고 이미 누워 있는 오드리 옆에 누웠다.

"아, 물음표, 물음표, 물음표."

"하하, 나도 물음표다. 하하."

다음 날, 나는 오드리와 함께 야간 자율학습을 빼먹고 우체국에 가서 내가 쓴 소설을 보냈다.

"오드리, 오늘 내가 아이스크림 살게. 가자."

우리는 패스트푸드점에 가서 콘 아이스크림을 하나씩 사 들었다. 그러고는 창가에 앉았다. 오드리는 오늘 엄마와 대판 싸운 이야기를 했다. 경주에 갔다 오고 아저씨를 만나고 잠잠했었다고 했는데. 글쎄, 아줌마가 앞으로 절대 얼굴을 고치지 않겠다고 한 아저씨와의 약속을 어겼단다. 점쟁이가 아줌마 입에 있는 점이 오드리의 먹을 복을 빼앗아간다고 했던 말이 자꾸 생각이 났었다나. 나는 점 정도는 아저씨가 모를 거라며 그리고 아줌마가 마지막이라고 한 말을 믿어 주라고 했다. 내 말이 먹힌 것 같지는 않았다.

"오드리, 엄마가 결혼 앞두고 걱정이 많아서 그러셨을 거야. 그런데 정말 감포항에서 결혼하는 거 맞아?"

"모르겠어. 엄마는 정말 알다가도 모를 사람이니까. 결혼은 진짜하게 되는 건지."

오드리는 분노하듯 아이스크림을 먹기 시작했다. 엄마의 결혼 이야기는 오드리라는 이름의 탄생까지 넘어갔다. 아저씨와 자신의 이름에 대해 짧은 대화를 나눴다는 오드리는 말을 하면서 더 분노를 감추지 못했다.

"그게 말이 돼? 그때 아저씨가 가장 아름답다고 생각한 여자의 이름이라 그랬다는 거야. 영화도 제대로 본 적이 없대. 참나, 그러면서 엄마한테 이렇게 말하는 거 있지. 지금은 '차수옥'이 가장 아름다워. 만약에 딸을 낳는다면 수옥이라 이름을 짓고 싶을 정도로. 엄마는 옆에서 부끄럽다면서 꺄르륵대고. 어쩜 그렇게 엄마랑 똑같이 주책인지. 황당해서 진짜 그냥 내가 웃고 넘어갔다. 스무 살만 돼 봐. 이름부터 바꿀 거니까."

지금까지 친구들한테 놀림을 받느라 고생한 오드리는 열을 내며 아이스크림을 하나 더 사 왔다. 물론 내 것까지. 어쨌든 나는 오드리와 달리 아저씨의 말이 마음에 들었다. 물론 오드리가 안되기는 했지만 세상의 모든 일에 깊고 복잡한 의미가 있다면 우리는 아마도 그것들을 해석하느라 머리가 터져 죽을지도 모른다. 그리고 오드리도 나름 좋은 해결책을 가지고 있지 않은가. 개명 신청이라는 카드를 말이다.

어느새 아이스크림을 다 먹은 오드리가 나를 바라봤다.

"수연아, 나는 아직도 답답해. 그렇게 궁금하던 엄마의 과거, 내가 태어난 시작을 어느 정도 알게 됐는데도. 그것만 풀리면 내가 누군지 알게 될 줄 알았는데. 그런데 그건 그냥 엄마 인생이었던 것 같아. 내 인생이 아니라."

"그래도 그 안에 네가 속해 있잖아. 그럼 네 인생이기도 하지."

"맞아. 하지만 온전히는 아니잖아. 아직도 나는 고민해야 할 게 많아."

"사실 나도 그래. 내가 하고 싶은 걸 다 하면 내가 누군지 알 수 있을 것 같았거든. 그런데 아직도 모르겠어, 내가 누군지. 그래도 내가 나한테 하고 싶은 걸 묻고 그걸 하면 살아 있는 기분이 들어. 시간에 학교에 부모에 학원에 휩쓸려 다니는 게 아니라 내가 스스로 길을 걷고 있다는 느낌."

"오~ 멋있다."

"너도 지금부터 한번 해 봐. 뭐 하고 싶은 거 없어?"

"음, 난 아이스크림. 아이스크림 질릴 때까지 먹어 보기. 어렸을 때 질리도록 먹고 싶었는데 감기, 배탈 때문에 엄마가 못 먹게 했거든. 그게 습관이 됐는지 하나 먹으면 나는 더 안 먹더라고. 이제는 더 먹어도 되는데 말이야. 나 그거 해 보고 싶어."

"그래, 해 보자. 나도 내가 몇 개나 먹을 수 있을지 궁금하다."

우리는 아이스크림을 먹기 시작했다.

그리고 방금, 오드리가 나에게 네 번째 아이스크림을 건넸다.